U0034068

夜飲

秦曉宇詩選

秦曉宇 著

朝向漢語的邊陲

楊小濱

　　中國當代詩的發展可以看作是朝向漢語每一處邊界的勇猛推進，而它的起源也可以追溯出頗為複雜的線索。1960年代中後期張鶴慈（北京，1943-）和陳建華（上海，1948-）等人的詩作已經在相當程度上改變了主流詩歌的修辭樣式。如果說張鶴慈還帶有浪漫主義的餘韻，陳建華的詩受到波德萊爾的啟發，可以說是當代詩中最早出現的現代主義作品，但這些作品的閱讀範圍當時只在極小的朋友圈子內，直到1990年代才廣為流傳。1970年代初的北京，出現了更具衝擊力的當代詩寫作：根子（1951-）以極端的現代主義姿態面對一個幻滅而絕望的世界，而多多（1951-）詩中對時代的觀察和體驗也遠遠超越了同時代詩人的視野，成為中國當代詩史上的靈魂人物。

　　對我來說，當代詩的概念，大致可以理解為對朦朧詩的銜接。朦朧詩的出現，從某種意義上可以看作官方以招安的形式收編民間詩人的一次努力。根子、多多和芒克（1951-）的寫作從來就沒有被認可為朦朧詩的經典，既然連出現在《詩刊》的可能都沒有，也就甚至未曾享受遭到批判的待遇，直到1980年代中後期才漸漸浮出地表。我們完全可以說，多多等人的文化詩學意義，是屬於後朦朧時代的。才華出眾的朦朧詩人顧城在1989年六四事件後寫出了偏離朦朧詩美學的《鬼進城》等

傑作，卻不久以殺妻自盡的方式寫下了慘痛的人生詩篇。除了揮霍詩才的芒克之外，嚴力（1954-）自始至終就顯示出與朦朧詩主潮相異的機智旨趣和宇宙視野；而同為朦朧詩人的楊煉（1955-），在1980年代中期即創作了《諾日朗》這樣的經典作品，以各種組詩、長詩重新跨入傳統文化，由於從朦朧詩中率先奮勇突圍，日漸成為朦朧詩群體中成就最為卓著的詩人。同樣成功突圍的是遊移在朦朧詩邊緣的王小妮（1955-），她從1980年代後期開始以尖銳直白的詩句來書寫個人對世界的奇妙感知，成為當代女性詩人中最突出的代表。如果說在1970年代末到1980年代初，朦朧詩仍然帶有強烈的烏托邦理念與相當程度的宏大抒情風格，從1980年代中後期開始，朦朧詩人們的寫作發生了巨大的轉化。

這個轉化當然也體現在後朦朧詩人身上。翟永明（1955-）被公認為後朦朧時代湧現的最優秀的女詩人，早期作品受到自白派影響，挖掘女性意識中的黑暗真實，爾後也融入了古典傳統等多方面的因素，形成了開闊、成熟的寫作風格。在1980年代中，翟永明與鍾鳴（1953-）、柏樺（1956-）、歐陽江河（1956-）、張棗（1962-2010）被稱為「四川五君」，個個都是後朦朧時代的寫作高手。柏樺早期的詩既帶有近乎神經質的青春敏感，又不乏古典的鮮明意象，極大地開闊了漢語詩的表現力。在拓展古典詩學趣味上，張棗最初是柏樺的同行者，爾後日漸走向更極端的探索，為漢語實踐了非凡的可能性。在「四川五君」中，鍾鳴深具哲人的氣度，用史詩和寓言有力地書寫了當代歷史與現實。歐陽江河的寫作從一開始就將感性與

理性出色地結合在一起，將現實歷史的關懷與悖論式的超驗視野結合在一起，抵達了恢宏與思辨的驚險高度。

後朦朧詩時代起源於1980年代中期，一群自我命名為「第三代」的詩人在四川崛起，標誌著中國當代詩進入了一個新階段。1980年代最有影響的詩歌流派，產自四川的佔了絕大多數。除了「四川五君」以外，四川還為1980年代中國詩壇貢獻了「非非」、「莽漢」、「整體主義」等詩歌群體（流派和詩刊）。如周倫佑（1952-）、楊黎（1962-）、何小竹（1963-）、吉木狼格（1963-）等在非非主義的「反文化」旗幟下各自發展了極具個性的詩風，將詩歌寫作推向更為廣闊的文化批判領域。其中楊黎日後又倡導觀念大於文字的「廢話詩」，成為當代中國先鋒詩壇的異數。而周倫佑從1980年代的解構式寫作到1990年代後的批判性紅色寫作，始終是先鋒詩歌的領頭羊，也幾乎是中國詩壇裡後現代主義的唯一倡導者。莽漢的萬夏（1962-）、胡冬（1962-）、李亞偉（1963-）、馬松（1963-）等無一不是天賦卓絕的詩歌天才，從寫作語言的意義上給當代中國詩壇提供了至為燦爛的景觀。其中萬夏與馬松醉心於詩意的生活，作品惜墨如金但以一當百；李亞偉則曾被譽為當代李白，文字瀟灑如行雲流水，在古往今來的遐想中妙筆生花，充滿了後現代的喜劇精神；胡冬1980年代末旅居國外後詩風更為逼仄險峻，為漢語詩的表達開拓出難以企及的遙遠疆域。以石光華（1958-）為首的整體主義還貢獻了才華橫溢的宋煒（1964-）及其胞兄宋渠（1963-），將古風與現代主義風尚奇妙地糅合在一起。

　　毫不誇張地說，川籍（包括重慶）詩人在1980年代以來的中國詩壇佔據了半壁江山。在流派之外，優秀而獨立的詩人也從來沒有停止過開拓性的寫作。1980年代中後期，廖亦武（1958-）那些囈語加咆哮的長詩是美國垮掉派在中國的政治化變種，意在書寫國族歷史的寓言。蕭開愚（1960-）從1980年代中期起就開始創立自己沉鬱而又突兀的特異風格，以罕見的奇詭與艱澀來切入社會現實，始終走在中國當代詩的最前列。顯然，蕭開愚入選為2007年《南都週刊》評選的「新詩90年十大詩人」中唯一健在的後朦朧詩人，並不是偶然的。孫文波（1956-）則是1980年代開始寫作而在1990年代成果斐然的詩人，也是1990年代中期開始普遍的敘事化潮流中最為突出的詩人之一，將社會關懷融入到一種高度個人化的觀察與書寫中。還有1990年代的唐丹鴻，代表了女性詩人內心奇異的機器、武器及疼痛的肉體；而啞石（1966-）是1990年代末以來崛起的四川詩人，以重新組合的傳統修辭給當代漢語詩帶來了跌宕起伏的特有聲音。

　　1980年代的上海，出現了集結在詩刊《海上》、《大陸》下發表作品的「海上詩群」，包括以孟浪（1961-）、默默（1964-）、劉漫流（1962-）、郁郁（1961-）、京不特（1965-）等為主要骨幹的較具反叛色彩的群體，和以陳東東（1961-）、王寅（1962-）、陸憶敏（1962-）等為代表的較具純詩風格的群體，從不同的方向為當代漢語詩提供了精萃的文本。幾乎同時創立的「撒嬌派」，主要成員有京不特、默默（撒嬌筆名為銹容）、孟浪（撒嬌筆名為軟髮）等，致力於透

過反諷和遊戲來消解主流話語的語言實驗。無論從政治還是美學的意義上來看，孟浪的詩始終衝鋒在詩歌先鋒的最前沿，他發明了一種荒誕主義的戰鬥語調，有力地揭示了歷史喜劇的激情與狂想，在政治美學的方向上具有典範性意義。而陳東東的詩在1980年代深受超現實主義影響，到了1990年代之後則更開闊地納入了對歷史與社會的寓言式觀察，將耽美的幻想與險峻的現實嵌合在一起，鋪陳出一種新的夢境詩學。1980年代的上海還貢獻了以宋琳（1959-）等人為代表的城市詩，而宋琳在1990年代出國後更深入了內心的奇妙圖景，也始終保持著超拔的精神向度。1990年代後上海崛起的詩人中最引人注目的是復旦大學畢業後定居上海的韓博（1971-，原籍黑龍江），他近年來的詩歌寫作奇妙地嫁接了古漢語的突兀與（後）現代漢語的自由，對漢語的表現力作了令人震驚的開拓。還有行事低調但詩藝精到的女詩人丁麗英（1966-），在枯澀與奇崛之間書寫了幻覺般的日常生活。

　　與上海鄰近的江南（特別是蘇杭）地區也出產了諸多才子型的詩人，如1980年代就開始活躍的蘇州詩人車前子（1963-）和1990年代之後形成獨特聲音的杭州詩人潘維（1964-）。車前子從早期的清麗風格轉化為最無畏和超前的語言實驗，而潘維則以現代主義的語言方式奇妙地改換了江南式婉約，其獨特的風格在以豪放為主要特質的中國當代詩壇幾乎是獨放異彩。而以明朗清新見長的蔡天新（1963-）雖身居杭州但足跡遍布五洲四海，詩意也帶有明顯的地中海風格。影響甚廣的于堅（1954-）、韓東（1961-）和呂德安（1960-）曾都屬於1980年

代以南京為中心的他們文學社，以各自的方式有力地推動了口語化與（反）抒情性的發展。

朦朧詩的最初源頭，中國最早的文學民刊《今天》雜誌，1970年代末在北京創刊，1980年代初被禁。「今天派」的主將們，幾乎都是土生土長的北京詩人。而1980年代中期以降，出自北京大學的詩人佔據了北京詩壇的主要地位。其中，1989年臥軌自盡的海子（1964-1989）可能是最為人所知的，海子的短詩尖銳、過敏，與其宏大抒情的長詩形成了鮮明對比。海子的北大同學和密友西川（1963-）則在1990年後日漸擺脫了早期的優美歌唱，躍入一種大規模反抒情的演說風格，帶來了某種大氣象。臧棣（1964-）從1990年代開始一直到新世紀不僅是北大詩歌的靈魂人物，也是中國當代詩極具創造力的頂尖詩人，推動了中國當代詩在第三代詩之後產生質的飛躍。臧棣的詩為漢語貢獻了至為精妙的陳述語式，以貌似知性的聲音扎進了感性的肺腑。出自北大的重要詩人還包括清平（1964-）、周瓚（1968-）、姜濤（1970-）、席亞兵（1971-）、胡續冬（1974-）、陳均（1974-）、王敖（1976-）等。其中姜濤的詩示範了表面的「學院派」風格能夠抵達的反諷的精微，而胡續冬的詩則富於更顯見的誇張、調笑或情色意味，二人都將1990年代以來的敘事因素推向了另一個高度。胡續冬來自重慶（自然染上了川籍的特色），時有將喜劇化的方言土語（以及時興的網路語言或亞文化語言）混入詩歌語彙。也是來自重慶的詩人蔣浩（1971-）在詩中召喚出語言的化境，將現實經驗與超現實圖景溶於一爐，標誌著當代詩所攀援的新的巔峰。同樣現居

北京，來自內蒙古的秦曉宇（1974-），也是本世紀以來湧現的優秀詩人，詩作具有一種鑽石般精妙與凝練的罕見品質。原籍天津的馬驊（1972-2004）和原籍四川的馬雁（1979-2010），兩位幾乎在同齡時英年早逝的天才，恰好曾是北大在線新青年論壇的同事和好友。馬驊的晚期詩作抵達了世俗生活的純淨悠遠，在可知與不可知之間獲得了逍遙；而馬雁始終捕捉著個體對於世界的敏銳感知，並把這種感知轉化為表面上疏淡的述說。

　　當今活躍的「60後」和「70後」詩人還包括現居北京的藍藍（1967-）、殷龍龍（1962-）、王艾（1971-）、樹才（1965-）、成嬰（1971-）、侯馬（1967-）、周瑟瑟（1968-）、安琪（1969-）、呂約（1972-）、朵漁（1973-）、尹麗川（1973-），河南的森子（1962-）、魔頭貝貝（1973-），黑龍江的桑克（1967-），山東的孫磊（1971-）宇向（1970-）夫婦和軒轅軾軻（1971-），安徽的余怒（1966-）和陳先發（1967-），江蘇的黃梵（1963-），海南的李少君（1967-），現居美國的明迪（1963-）等。森子的詩以極為寬闊的想像跨度來觀察和創造與眾不同的現實圖景，而桑克則將世界的每一個瞬間化為自我的冷峻冥想。同為抒情詩人，女詩人藍藍通過愛與疼痛之間的撕扯來體驗精神超越，王艾則一次又一次排練了戲劇的幻景，並奔波於表演與旁觀之間，而樹才的詩從法國詩歌傳統中找到一種抒情化的抽象意味。較為獨特的是軒轅軾軻，常常通過排比的氣勢與錯位的慣性展開一種喜劇化、狂歡化的解構式語言。而這個名單似乎還可以無限延長下去。

　　1989年的歷史事件曾給中國詩壇帶來相當程度的衝擊。在此後的一段時期內，一大批詩人（主要是四川詩人，也有上海等地的詩人）由於政治原因而入獄或遭到各種方式的囚禁，還有一大批詩人流亡或旅居國外。1990年代的詩歌不再以青春的反叛激情為表徵，抒情性中大量融入了敘述感，邁入了更加成熟的「中年寫作」。從1980年代湧現的蕭開愚、歐陽江河、陳東東、孫文波、西川等到1990年代崛起的臧棣、森子、桑克等可以視為這一時期的代表。1990年代以來，儘管也有某些「流派」問世，但「第三代詩」時期熱衷於拉幫結夥的激情已經消退。更多的詩人致力於個體的獨立寫作，儘管無法命名或標籤，卻成就斐然。1990年代末的「知識分子寫作」與「民間寫作」的論戰雖然聲勢浩大，卻因為糾纏於眾多虛假命題而未能激發出應有的文化衝擊力。2000年以來，儘管詩人們有不同的寫作趨向，但森嚴的陣營壁壘漸漸消失。即使是「知識分子寫作」的代表詩人，其實也在很大程度上以「民間寫作」所崇尚的日常口語作為詩意言說的起點。從今天來看，1960年代出生的「60後」詩人人數最為眾多，儼然佔據了當今中國詩壇的中堅地位，而1970年代出生的「70後」詩人，如上文提到的韓博、蔣浩等，在對於漢語可能性的拓展上，也為當代詩做出了不凡的探索和貢獻。近年來，越來越多的「80後詩人」在前人開闢的道路盡頭或途徑之外另闢蹊徑，也日漸成長為當代詩壇的重要力量。

　　中國當代詩人的寫作將漢語不斷推向極端和極致，以各異的嗓音發出了有關現實世界與經驗主體的精彩言說，讓我們

聽到了千姿萬態、錯落有致的精神獨唱。作為叢書，《中國當代詩典》力圖呈現最精萃的中國當代詩人及其作品。第一輯收入了15位最具代表性的中國當代詩人的作品，其中1950年代、1960年代和1970年代出生的詩人各佔五位。在選擇標準上，有各種具體的考慮：首先是盡量收入尚未在台灣出過詩集的詩人。當然，在這15位詩人中，也有極少數雖然出過詩集，但仍有一大批未出版的代表作可以期待產生相當影響的。在第一輯中忍痛割捨的一流詩人中，有些是因為在台灣出過詩集，已經在台灣有了一定影響力的詩人；也有些是因為寫作風格距離台灣的主流詩潮較遠，希望能在第一輯被普遍接受的基礎上日後再推出，將更加彰顯其力量。願《中國當代詩典》中傳來的特異聲音為台灣當代詩壇帶來新的快感或痛感。

目次

第二輯 蒙古詩

第一輯

低語

自畫像

我的頭髮豎立

如潦草的勁草

擎著幽思，來自天空或頭顱

愛戲音的耳朵一高一低

耳垂即耳環，玄漠於相書

我有履道之額、平淡的眉毛

我的眼睛是裝宇宙的小瓶子

和瓶中的漂流，時而箭鏃

我的鼻子有個固執的形狀

換氣如詩歌洞穴

我的嘴巴是零售虛無的鋪子

撒過謊，罵過人，也唱過歌

抽過煙，喝過酒

也曾吻過一個幽靈

初夜

我立生於冬歲夜尾，一所
生硬的中學，
兩週前母親還在打籃球。
窗外陰山埋著我幾個先人，
我們一起沿陰道攀登陰山。
我艱蹇的腳丫
最先觸及母親外的世界，
然後才哭，還是在接生婆的
拍打之下，用一張
被她扯弄歪斜的癟嘴——
母親撫揉了一年，
也沒完全矯正過來。
後來我習慣問，命運是誰？
那個最後焚燒我的小伙子？
那個最初浸洗我的老婦人？
那個擲骰子的人外人？
那個突然的人？
那些她？
後來我用想像和母親的敘述熱愛著
這第一個我遇見的陌生人。
她忙碌著我，

和命運本身。

她拖拽我，叫喊我，

她拎提我，打擊我，

她剪斷我，擦洗我，

把我遞送到母親痛潛的胸懷。

當我終於安靜，

黑眼睛濯洗世界。

我在語言之外表達著，像一首純詩。

1974年，我立生於冬夜，

雙腳最先觸及母親外的世界，

然後才哭──

這一幕就是一個行吟詩人。

寒冬。黑夜。陰山的陽坡。

赤子。血肉。接近破曉的宇宙。

我的一生就是一再地返回

這誕生。

北洋人報

這些年我依舊生活在
世界的陳東。枯夜何鬱而寫詩，
如年少排印的廢話。照片依舊是
明黃刺痛黑暗。

這些年我一直想用雄鹿的氣味語言
召喚你們，銜接你們，
續寫賣報的未央歌。
呦呦人面桃花。

這些年我懂得：詩是虹，也是勁風、爐火，
空曠的海濱和海底的小路。
是你們，澍造了我的水晶詩觀
和藹藹花堤。

我願承認，我就是一份你們主編的報紙。
這些人報年年，
就是我的人民日報，
報導著我被逐出的理想國。

某使館外

我像雪人一樣

漠然於這場雪。

我不厭世，也不趕路，

悶瞀得無意結合任何景物。

某使館外，

有一列朝異國踩腳的人。

他們是否會盤算自己在雪天的運氣？

相比之下，那個送快遞的小伙子

才是貴族。他用不著排隊，

也不必心懷忐忑，巧言答對，

他超然地經辦著

幾乎可以歸入命運的事務。

而我待在一輛停運的計程車裡，像一局棋中

被吃掉的棋子一樣閒散。

我在等人，

我等的人已進使館多時，

我很想為她做點什麼，

但我像一局棋中被吃掉的棋子一樣

愛莫能助。

送別詩

毛片需瓜果助興。一抹
領袖紅。雙腿夾著墨爾本。
而腰間的暴政，使你
難免持續的皮肉之苦。
像一位腎虛的嫦娥

去往熱鍋裡的廣寒宮，
臨行前我為你射了十日，
細數花枝與豹紋。醉遊湖，
嘔吐時眉頭緊鎖，
小便處雞巴旁若無人。

航班準確。行李超重。
我為你辦好離別的手續。
你使勁咬我，哭成個雨霖鈴。
但已平仄得人盡皆知，
現在打退堂鼓成了笑話。

閒來可懷念爭吵，每一次
我都輸得只剩下塗鴉，
而心腸在變硬。時間像一群無賴，

我混跡其間，看你來了又走，
一場雨淫蕩而冷，彷彿失樂園……

春日願

元朝的一個小尼姑，去了澳洲。在白雲宗的
旅途，考慮移民和課業，不期然
丟失了三小時，和一枚真如的硬幣。
一串念珠刻上陌生的譬喻。
佛祖，請保佑一個禿頂男人舉起的牌子。

元朝的一個小尼姑，住在小木屋，
與烏鴉分享遠方和蘋果，
院子裡幾棵果樹正熟。
這是童話禪的某個階段，這是所有第一封情書。
佛祖，請保佑異國的水土。

元朝的一個小尼姑，用一套劍法保守。
劍光裡盡是天真的公案，
一本劍譜像一匹凝身不動的野馬，
一套劍法從來不肯精進。
佛祖，請保佑她的笨拙與相思。

一次別離

> 月中無樹影無波
>
> ──湯顯祖

二人一如三國。風吹月小，別
有洞天。水落石枯
抹殺了喜怒，剃光了枝頭
也披斬出一間凌厲的臥室

在抱曬被褥的貓樣秋日
小區的少年玩著冷，老人吹笛
聲聲慢。何人樹一樣站在樹後
又黯然滴灑於筆端

明信片

從緣起與念誦之地寄出
明信片也是一座飛來寺
書寫即輪迴，茫茫投遞
明信片自有它小小的我執

連日來我保持取信的姿勢
今天我從灰白的鐵中取出它
彷彿從雪山取下一塊峭壁
從手到手它飛行了那麼久

明永之信，片語不忍卒讀
我曾單手招魂，沿亂石下到江邊
痛飲訣別之際。江水急逝如你
經幡見惑，酥油燈明滅如你

而有情人都是在死亡邊相愛
因空悟有──連悟都多此一舉
銷魂虛構了我們，山鬼之夜
我們不在世上，所以在心裡

明信片上婆娑到天際的湖水
字窈窕地說像水建的村莊
字跡幽藍，倒映在袖珍冰川
那寫字的人兒曬得黑紅，像野花中的野花

不會再有……

不會再有往事了，包括
剛端上餐桌的工夫魚。
我們咀嚼著它的沸騰史，那只是
我們共同經歷的，一具小小的屍體。
還會有另一齣空城計
來刪除鱗片、鰭翅和刺一樣的
情話與短訊。

不會再有往事了，
我飲盡了杯中酒。
我幾乎解開蒼茫的褲帶。
多少無所謂方向的方向盤，
多少輓歌般的街燈。我們總不可能
從眼角、街心或洗手間
聆聽烏托邦的滴雨之聲。

不會再有往事了，
那個少年化作短歌見鬼去了。
那個少女是露水的否定之否定。
向右，從髮廊妹年輕的門口，
向下，從你繡花沉靜的肩頭。

不會再有天堂乳尖般翹起，
而音樂打造地獄。
不會再有往事了，
不會再有來自陰蒂的高潮。

圖書館

瀆神的教堂。
有序的迷宮。

太近的天使令人恐懼。
不多的幾排座椅，坐著無數的人。

書架上的四季、晨昏被反覆取閱，
一本書，就這樣無數次地虛度。

它所保留的，
僅僅是尚未被領悟的部分。

但沒有一本書是完美的。更多的
水之書、沙之書，不是沉溺就是飄散。

所有的書都像在做夢，
也都遺憾地被人寫過。

而書寫就是送葬，
而圖書館就是書與書寫者的墓園。

李白與杜甫

中國美術館。
李白與杜甫踞肆於大廳之對角。

他們劃定了界限，最遠而又最相似，
就像另一個世界的南北極。

銅貼切於李白
仗劍、請纓、遍干諸侯的金鉦生涯。

鑄造如激情中冷卻的詩藝，
以及根植於詩藝的芙蓉。

一件嶙峋、幽悄的金戈長袍，
如蜀道難、靜夜思。

作為天空的知己，他挺立，頭顱
微微昂起。鬍子是一枝過於疏狂的毛筆。

而杜甫是木製的，敦厚、溫奧、沉鬱，
渾身迷宮般跌宕的細紋。

他憫默地坐著，
就像他詩中那匹硉兀的瘦馬。

他的目光向下，結合最卑微的事物，
而這也是天邊行，也是登高。

李白1977年鑄就，
他的造型，象徵了那個虛步躡太清的時代。

杜甫雕刻於1963年，
等待他的，正是曾等待著他的喪亂。

茉莉花

電話響起時我在洗澡。
我跑去床頭，帶著滿身水珠。
話筒沉默了一陣後捧出
「好一朵美麗的茉莉花……」

好一位冷冽的元朝公主。
白得抹殺了方向，
香得像一份遺囑。
又怕來年我有心，有空花一朵。

一瞬間，我變成花下的土壤，
被思念細小的蚯蚓鬆動，被惘然插滿箭鏃。
我聽著，一任往事洗劫了床單；
我聽著，直到身上的水珠凝結成冰。

記一個夢

上網。雷鳴般掉線了

藍得像萬古愁。有一圈兒人

使勁圍堵一首詩，奇怪

那是姜濤寫的，快嚥氣了

渾身的形容詞沒了光澤

有幾個傢伙聲稱是絕對讀者，這首詩

是他們的宿敵。作為補償

他們要點播鄧麗君的歌，說圖個吉利

而一個少女換上泳裝，淚水能拉你下水

游泳池原來在岸上，硬邦邦的

很吃力，少女原來是楊小濱

一轉眼就風騷地沒影了

前面的路是薄霧

半山腰有母女和炊煙，古裝片裡的

你好像得飛過去。醒之前

你好像得滿腹心事，推開房門

鴨先知

幾個乳白色的問題，

池子繞著彎回答，它們便渾濁了。

醉態僅限於草叢，

一入水，它們就急於擺脫自己，

蕩起柔嫩的雙槳，

像是要在水中刨個坑。

又像一種不知疲倦的

疲倦，湖中之湖。

形影不離的風景，

不相往來的寫意。

嘴更像閉嘴。

「骨弱筋柔而握固。」

它們平靜地面對

食物之外的一切──

譬如雨和狗，

一隻的死和另一隻的掉隊。

雲

我們來到荒僻的小公園，
荒僻使我們更接近天空。

甚至天空已然是
這小公園的一部分。不遠處，

夕陽像個小裁縫，
為無邊的青袍鑲邊，宛如極樂。

在一種靜止的忙碌中，伸觸之光
專注於每一例純然的消逝。

而昨日的冰雹
砸壞了部分天空，使得雲朵

像一隊隊傷兵，廢弛了
紀律，黑著臉苦撐。

天邊外，
烽火戲諸侯。

彷彿天空正在復活，

以一種暴怒而悠揚的姿態

……久久的，我們不是看而是飽饗

水煮魚似的火燒雲。

（贈路一夫）

算術詩學

我可以理解加法，譬如一隻鳥
加上它的叫聲，等於月照空山。
但山上的林木不會增加，正如月光不會增加。
而我已被加持，悠悠於山外山。

我也可以理解減法，譬如一隻鳥
減去它的飛翔，等於月照空山。
迅疾的山野因此放慢了速度，天空也縮減為
天空的一張草圖。

但我理解不了乘法和除法，
譬如一隻鳥乘以一座山，
譬如一隻鳥除以無數次的鳴叫或飛翔──

初
春

一片彷彿剛從冰箱取出的
陽光，在我腳邊蟄伏，

就像一隻
從俄羅斯詩歌中飛來的蝴蝶。

它遲遲不肯透露，何時
才能從冬天，取出一個完全的春天。

一片陽光推遲自身的熱情，
從一雙去年的皮鞋——

抬高願望；從我的腳下
驀然蒸發。奇怪的是，

它跟自己捉迷藏，
卻蒙蔽了我的眼睛。我看不到

它是怎樣衍更的。嚴冬之後，
它是否需要偷偷地練習自身？

它是否暗示在春天與冬天之間，
還有一段神秘的時光？

豆莢姑娘

我把秋衣穿到春天，
我把春天套在無名指上。指上春光小，
小不過我那扣眼兒裡的情郎。

夜合花開，針尖心事，
這一晌貓腔裡的黃昏，
可也曾青青翠翠地約定？

授粉般輕盈的薄酒時分，
可也曾使我沉醉於逗弄？
那夜，我是如此紅潤的一個秘密，

包含著你灼熱的未知數。
曾經茫然的一個點，有了風月，
我身體裡的豆子有了彈跳的欲望。

在於別人，我只是一個木偶，
太精緻了，以至於沒有情感，
太古怪了，不適合佩帶，也不適合收藏。

在於我自己，
我是那一夜所有的心裡話，
扯著嗓子卻闃然無聲。

玲　紅酒苦澀，有股
　　拙劣的愛情味兒；
　　白葡萄酒的味道像某種嫉妒。

　　我們又這樣坐著，操弄著刀叉。
　　烏克蘭多像這窗簾的名字，
　　製造了夜中之夜。

　　你聊起基輔的教堂：
　　你佈置了某個宗教節日，
　　藉此向你並不相信的上帝請求一個人。

　　而上帝竟然答應了，
　　直到那人
　　從另一個大雪中的世界消失。

　　而那個像我的人，
　　那個秘密的人，在你看來，
　　隨時會出沒在我身上。

我摸索著你身體的舊址，
銀鐲蕩漾。我的小女兒，
請讓我投身於你的眼波與長裙之夜。

你就是一隻拒絕抒情的玉蟬，
翩然而至，帶著晶瑩的刀痕，
我以八千年的死亡含吮著你。

天雨流金

隱身人操作的焊槍？
但沒有噴射的速度、刺目的焊光。

像微型煉鋼爐傾倒著，
但沒有飛濺的鋼花。

缺少景觀的群落感，夜幕下
絢爛得過於幽靜和突兀。

我朝它走了幾步，
它卻突然黯淡下來，形銷而骨立。

原來是一個工業水龍頭，扇形的水
在簡直的臺階上汩汩流放，

被不遠處的霓虹燈
投射得流光溢彩。

當我偏離某個角度，
它就像煙花一樣凋謝了。

我不無惆悵，

為這與我有關的凋謝；

又忽然歡喜，

我將是第一個描刻它的人。

我想我應該詛咒

豹子揮霍了一夜，豹子全金屬外殼，
沒收了誰的明日？
我像但丁一樣試圖克服這耀眼之獸，
我必須首先克服它身上的圖案。

豹子撕開女人和歷史的面紗，
直播中，白鳥幽幽下。
隨之綻放的不是肉體就是靈魂，
在深淵中轉體七百二十度。

無窮的金錢豹胃口巨大，
野獸的爪牙也是紳士的刀叉，
享用這豐盛的災難——
石油和建築。老人和孩童。血和血。

我想我應該慶幸，
慶幸我沒生活在1937年的中國，
慶幸我沒生活在2003年的伊拉克。
我想我應該詛咒。

上苑

（一次偕遊）

我們發現，留守的村裡人都上了歲數，
他們縮在牆根烏托邦，嚼甘蔗的
嚼甘蔗，抽煙袋的抽煙袋。

想咳嗽就咳嗽，想打盹
任何地方都可以打盹。
不同於麻雀和城裡的老年人，

他們不會把精力浪費在
村口河渠邊的健身架上。他們的狗兒
灰頭土臉地遊逛著，但不是流浪狗；

跟主人親近，但不是寵物；
出門溫和，在家裡兇，
像它們的主人一樣。

閒置的檯球案，陽光打出一記
漂亮的扎杆，我的遺憾
團成不起眼的一團，也落入了袋中。

不打檯球就打水漂，
在湖邊尋找並撿起荒廢的石子，
靠巧勁重新發明兩個男孩。

不打水漂就到桃花那邊去，
看他把一小枝略顯憔悴的豔，
粗魯地插在她的鬢邊。

窗簾

是大海的某個想法嗎
我們舉著快散架的風
像海豚一樣順利
在藍色一貫的諷喻中
被激烈的窗簾所覆蓋

三人行
必有從記憶中篩選的幽靈
窗簾般放蕩而薄弱
窗簾般無恥
窗簾般和我們糾纏在一起
窗簾般滑落於客廳

有誰密切應和窗簾的變化
跟窗簾交換瞬間與彷彿
有誰同窗簾共進早餐
摟著黎明的窗簾入睡
像我──
窗簾般愛上窗簾

非典生活

從避光、陰涼、乾燥處取出，
兌上七八種情緒和一片狼藉
用酒沖服的戒嚴生活——
「一個死亡的『為何』站在船尾。」
而你像船頭。
你琢磨著，天花板的天花二字；
每日吃兩餐閉門羹。你甚至需要
請人替你睡一會兒，
替你去做那些隔離與刺鼻的夢。
而電話像警報，像吵醒噩夢的噩夢。
「你去外地散散心吧。」上帝說。
你承認這是個不錯的建議。
於是你把自己
從避光、陰涼、乾燥處取出，
外面是典型的陽光，
北京卻像一座人間蒸發的城市。
但不管怎樣，只要上了飛機，
你就可以把最近的一朵白雲，
輕鬆地比喻成一副摘下的口罩。

疫時抱佛腳

「病物亦難格,覺得如何?」
「常快活便是工夫。」

陽明路上想起陽明語錄。一念
發動,又行了百米。

往來雜擾。佛誕日,
滿街都是去往黔明寺的聖人。

路邊堆疊的香燭佛像
夾雜去了,倒也耐得住熱鬧。

路中央的行為藝術
容頭過身,於實地用功,

不是膝行,就是仆倒的水墨,
破罐子也不破摔。

才擺脫風箏,又遇上檸檬。但我的仁心
不會更高,也不會更甜,

更不會輕易施捨。我繞過乞丐

而成為他們中的一員──

病毒惟微，我心惟危，

且去黔明古剎抱藥師佛腳。

送胡續冬之巴西

擅長入鄉隨俗的你，
去做一隻巴西貘吧，
於熱烈的風景中抖擻母語的鬃毛。
印地安原始與黑人蠻力
會讓一枚枚詩歌嬰孩的血統
更難辨認。
巴西也有過氣的學院派——
米內拉詩派，誕生於
淘金狂潮中的米納斯熱賴斯地區。
而你不同，在另一個淘金時代，
你炮製土鱉之詩，鬧猛之詩，
低雅之詩，深情猥瑣之詩。
你讓詩歌壓倒一切，
包括傳統和詩意。
有多少巴西可以胡來，
就有多少鳥名體，
和豐饒的詞語的電臀。
說來也是好事，而你又一向歡喜，
優遊於萬物淫邪的童話，
但為何這一次
專欄難掩博客之悲：

「我不是我的瘦身軀，

巴西也不是巴蜀以西。」

中銀大廈的美學

從陸家嘴，冒出一腔雄辯
滔滔不絕的地產，闡述著兩岸的金融風光
你也有自己翻新的外灘
但不是傍晚，供遊人躞步

浦江周轉著
剩餘的下游，也是落日融金
渡輪捲起生產力般的浪花
麻雀之飛，宛如貿易

用不著攀比高度，遠近都不止
十八層，精緻的懸崖
甚至也無須攀登，你即可在一個頂端
俯瞰假日裡污點般的眾生

在曝光不足的視野，春天形勢不妙
或者只是匆忙提供了一份提綱
或者是禽隻，有組織地
已被宰殺在半空中

綠豪華
公園整飭而戒備，像會員制
還有略顯色情的室內感
還有假山逼真的神秀

但它是冒犯的，以雪茄吧侍者
換煙缸式的風度。你收回視線
像承認錯誤；你跟某個隱身人
辯論了多時，但平分秋色

震教徒的環

人群震顫著，通電的下午
標語挑動的下午
天橋寬銀幕的下午
制服乘公交車前來，伺機制服
臉上是國家的烏雲
而流動小販在叫喊中叫賣
而人力車夫在遊行中遊走

人群震顫著，笑篡改了怒
人面不如桃花蕭穆
削減了反對的熱情
那可是二十公里的歷史
「等到風景都看透，也許你會
陪我遊行到雅寶路，
緊緊依偎著，展示甜蜜的憤怒」

人群震顫著，用蹦迪的屁股
孤立的，可能是海島
也可能是人群
緘默的，可能是盾牌
也可能是媒體

你走著，時而是另一個
更嘈雜的你

人群震顫著，忍受
集體夢遊的痙攣
也該為恥辱走上一程
雙腳教育心靈
北平教育北京
光華路垂直於日壇路，
恰如某使館，插在中國深處

旱

赤裸裸的天空炙烤著
日漸稀疏的稀樹草原。

跳蚤帶來鼠疫。松鼠們一邊死
一邊用尾巴遮擋烈日。

象鼻靈敏地探測並刨掘著沙地，
留下戰爭的小坑。

蒼鷺絕望地饕餮著
茫茫鯰魚。

牛蛙於泥潭中相食，
以不久前保護蝌蚪的熱情。

母獅冒險爬到樹上，
去盜竊獵豹的瞪羚。這時，

鬣狗施展十一種恐怖的嚎叫，
向她們的統治發起挑戰。

遠處蕭瑟的野馬，揚起鬃毛般的灰塵，
籠罩遷徙之路。

而牛羚
走向虎視眈眈的水。

非洲滿電視，
渴望上帝般的雨水⋯⋯

紀念日

情歌與穿堂風
一齊抽打人群。
幽屬的地鐵通道
彷彿令但丁昏迷的
地獄第二環。上面是
雌雄同體的步行街。
「購物，還是DV聖米厄爾教堂？」
「隨便吧，反正今天
屬於九年前。」
哦，九年前的飛蛾、鋼針。
九年的陰影工
打造了往事吱呀的床笫，
天堂之門虛掩，所謂方舟
不過是日日忍詬的福音，
在私處擱淺。
但教堂是真實的，
那些尖券與玫瑰窗
至今召喚著上帝眷愛的鳥。
但誘惑和蛇也是真實的。
「我怕蛇，
甚至害怕它成為我的屬相。」

而我們偏偏沿著一條

在說與不說之間蜿蜒的小路，

拐入教堂尾部的花園。

某堂

臨街唯一否定了商業的建築。
寂靜的尖端,似乎指揮著天空。
大理石空地被一群少年
撒旦了。對他們來說,
再沒有比滑板更美妙的福音,
更純粹的傳播,更巨大的誘惑。

後院嚴肅的,彷彿
很虔誠的草坪,悠悠落下鴿子。
陰影也有棱有角,一半還茫然地彎翹著。
深灰的時間亭子。
靜默比光更接近啟示──
不可想像
一個放射性的,與時俱進的上帝。

夜飲

入秋的排檔，
雞翅烤出盛夏，
憤怒電話像乾杯，
排檔認出了去年的酒鬼，
一臉沮喪和驕傲。服務員
代表世界，不歡迎我們。
一地新銳的竹籤、
廢紙、落葉、空瓶，
風中之舊，遁入另一個話題。
晃悠著，起身和埋單，
趁夜未見底，
還可潛入園子。斜看
柳濃如酒意，遮覆著，
鏽了池塘，綠了星光。
路，翹起一角，或者
是腳，跟著醉眼，走進柴門。
滿院的老；木倉都是
雨水的鏽漬。
煤，靜靜地不燃燒。
高處，一雙布鞋的凝視。
他一屁股憤怒，你男高音，

而我終於制伏了單車。

這忘川般的小院，

陳磚舊瓦的，多麼電影。

直到裸身的男主人，

像昨天，輕輕將我們攆走。

這時我醉態蹣跚，

他的胡話裡有個男孩：

「大爺，你會不會打太極拳？」

前方花圃，我們像

搶芬芳的強盜，又來了精神。

（你的手機忽然醒了）

而黎明，叼著街道、行人，

在我們的離去中更像個夢境。

（為楊小濱、康赫而作）

地鐵與倉鼠

趨同的磁卡表情。
默契、疏遠地擁擠著。
人牆。
報紙手機臨時搭建的小隔間，
有人談論法律
這適於地鐵的話題。

上來一個姑娘，拎著
青翠欲滴的籠子。
籠子裡的螺旋滑梯、
刨花園、凹形閣樓，
隸屬於兩個
一驚一乍的小東西：
一個把嘴伸出圓窗，
撐開抒情的小傘，
傘收攏時，旋梯脹滿；
另一個在滑輪裡循環，
速度的小奴隸，駕駛著
通往原地的交通工具。

搖滾下滑梯那個,

捧起瓜子像彈吉他,

頰囊幽默地鼓起。

循環的那個,

不時被圓周拋棄。

人們笑問著,

從別人臉上體會著「在一起」。

如此,地鐵的薄冰消融於

倉鼠之春,

這兩個小傢伙

把車廂晃漾成

它們情詩般柔軟的腹部。

植物園

人去，鏤空

穿過漆綠的鐵

衰敗的圖案，凝固在

植物的下午

鳥雀用糞便驅趕遊人

分岔的悶熱臺階

紫薇之香，繞過

掌紋般抽象的灌木

一場由蜻蜓主持的婚禮

紅，在迎娶白

哦，唯有你被排斥於這片

平靜得像她的額頭的草坪

你感到羞愧，一輛機車

銹蝕在植物園

而你卻壞在公路上

疲於日日轟鳴的馬達

和馬達深處的瀝青

你感到累，像水泵裡

施展金蟬脫殼的水

不遠處，假山的塊壘

已成為湖水起伏的一隅

你鑽進它腫痛而寂靜的咽喉
你嚼碎牛蒡，為這個夏天去火
為熱情修建一座涼亭
用水靈與木訥
亭子裡，往事還沒有發生

前傳

宇宙中唯一相思、邈邈的漢子
就是我，滿臉痛楚的漬跡。
窗外是冷冷的飛行和飛翔。
更遠處，桂林般的戰場，
機器人絕望地死於銀河。

你是宇宙中我唯一的宇宙，
愛你才是我的帝國和原力。
為你熄滅的流星，劃過
戰爭的冷酷仙境。
而死星已開始建造。

這就是我的前傳——
殲星艦。黑衣勳爵。
美麗而浩瀚的屠殺。
一棵木頭做了斧柄
去砍木頭的心。末日的生育。

秋風辭

酒水除外，避風塘承諾了暢飲

樓上也挖空心思，垂下秋千

好讓你和我盡情地，坐在同一個傍晚

侍者如夕陽，帶來了紅暈

我們先點了靠窗的視角

窗外民工醒目

而茶樓中的男女趨於隱晦

我們的不同恰如啤酒奶茶

在各自手中。我雖年屆三十

自我的彈簧，總不肯在京滬間伸縮自如

偶爾寫詩於城鄉結合部，那也是

一腔悶騷，在鬧中取靜

而你養敘事寵物於深閨，學成於後現代

少女的單車，不曾逾越楊浦

與其枯坐著，不如啤酒再來一瓶

讓夜上海，連接另一個酗酒的北京

從海淀，到即興的上苑

三月，桃花也交了桃花運

連夜空也打著手電尋找歸宿

只是第二天的輕軌，卻奔向各自的站名

往事無賴，臥剝沉默中自我小小的蓮蓬

像是解圍，你的手機開始忙個不停

與鄰桌男女一道漸入佳境

其間交叉使用上海話和短信

並用嘴角勾勒一縷歉意

我表示理解，也試著輕吐煙圈

當然袖珍的救生圈，除了襯托你的

虛幻，其實搭救不了什麼

吞吞吐吐，也未嘗不是一番表白的努力

但八月的茅屋，註定為秋風所破

姥姥

姐姐打來電話，

說姥姥上週五去世了，夜裡十點。

電話很短，很平靜，

彷彿姥姥只是去世一陣兒。

那天也是世界盃揭幕，

而姥姥的世界盃閉幕的時刻，

我正從一窩美國人散漫的彈唱

往家趕。夜路的公園，

橋很拽，樹很深，

公園裡的小酒吧尚未打烊，

公園卻關門了。我就像

美國人所唱的氣泡中的男孩，

不知道姥姥正在死去。

姥姥是母親的養母，

就像小說中的養母。

小時候，我常常為她撿煙頭。

我喜歡看抖落到一個木匣裡的煙絲，

被她重新包捲成一支煙，然後……

在她的默許下

我也曾草草嚐吸過幾口，

預習了，否定了，

成年人的快樂。

姥姥愛貓，也喜歡讀書。

她的貓，她晚年的霧；

她讀過的書，翻來覆去

就那麼幾本。

我感覺她不太愛我們，

我也並不愛她，

至少年少時這樣認為。

我是從侄兒身上

察覺到她的情感。侄兒的普通話，

帶著她的集寧腔，

稍稍有別於我們的口音。

現在，她從八十三年的歲月中抽身而去了，

我的回憶就像

那個舊木匣裡散亂、瑣碎的煙絲。

我打開一罐啤酒，啜飲著，

窗外是紋絲不動的世界。

我的悲傷遲於醉意，悲傷之前，

我用茫然來悲傷，

我用黑體字寫詩。

死亡學

從貴陽到昆明的途中，車拋錨了。我從路邊風濕馬錢片的廣告中得知，這裡是盤縣。我搜索著腦海中的地名。是幾個月前發生過礦難，死了十多人的盤縣嗎？她已在昆明等我，我們準備去明永，去探望不知所終的馬騂。司機大聲抱怨著，這輛第一次跑長途的死鬼……我所處的位置，剛好可以看到他在細雨中修車，罵罵咧咧的。他在車頭下爬進爬出，滿身泥濘。

車窗外是一座自建的小樓，斑斑駁駁，不分青紅皂白。炊煙升起一面不會被雨淋濕的旗幟。有三個孩子在樓前的空地上玩耍。哦，那其實是一片墓園。三座造型相似但大小有別的墳墓呈品字型排列，周圍是芭蕉和柏樹。一根晾衣繩似乎憑空總結著什麼；一隻小狗在草叢裡逡巡不已；一個小男孩用水槍朝墓碑掃射，彷彿要激活它；一個小女孩舉著呼風喚雨的芭蕉；還有一個最安靜，坐在放置祭物的小石桌上，一動不動。他們顯然是這座小樓裡的孩子，他們把先人的長眠之所變成了樂園。死亡潛移默化而來，古老的象徵交換儀式天天都在進行，但這些孩子又像墓碑一樣無視死亡。

西夏黃昏

筆直的風景仍由少許漢字概括
酸痛的關節卻無須傳統來慰藉
你走走停停，像一句歇後語

不足以勸慰沿途慘澹的桃花
大河春眠著，似乎夢見了逝者
稻田裡忙碌的姑娘，同樣長勢喜人

一任外鄉人胡亂拍下，她們與一溜遠山
倉促的合影。不必擔憂——
她們仲春的幸福，自有真主保佑

自有黃泥小院裡的男人接管
倒是你無限心事，被風沙糾纏
被無休止的平原典當一空

好在小店還有礦泉水出售
不遠處，皇城靜靜吞下遊客
恰如暮色已包攬了天空

銀川，紀念科特‧柯本逝世十周年沙龍

像一盤盛在平原的手扒肉
黃昏仍需在四月胃裡進一步消化
（雖然最終只排泄了鼓樓一角）
而蝙蝠作為民間派，胡亂乾掉
天邊的乾紅，操著外省口音
飛入本地民歌的包房
主持了啤酒般踴躍的現場

你以下一期現代生活報花絮的身份
提前到場，「可以謾罵，
可以灌醉，不可以採訪」
但雙乳間的話筒確實令人心動
話題也盈盈一握，得心應手
於是你讓大河一扭身脫掉河套
在河床上輕聲細語
「落日，像是吻別」

戲劇梅花獎得主也趕來助興
作協主席也閃亮登臺，夾克
不失風度，舊話泛著酒花
有種馬克思的禪意

詩人躺臥在地板上
枕著音樂風暴般的枕頭，用啞語朗誦
而搖滾樂隊在少女們身旁
燭光下方言四起

多麼滑稽，你遠遊出的魅力
不是星斗，僅僅是閃爍的遊戲
消耗了滿月與牡馬的精力
「花兒」已經唱衰，晚會已經跑題
雖然科特・柯本將忍著死
再展歌喉，但夢遺的男孩
已擦淨雙手，從午夜的草垛中離去

黃金週

本想在人海中，
以歡喜為蜆斗，
搖曳宴罷歸來的筋骨。

或以遠山為志，花為媒，
以大海為蓄謀已久的熱情，
蜷身嗜欲的熱帶植被。

或返鄉。讓北京以北的鐵路
成為你的北回歸線。但小城
七十二變，你也偽裝不成韋莊。

於是跟電視之電比快，
跟晚報之晚比晚，
黎明驚起，跟虛空對弈。

聖誕夜，詩人或書商的婚禮

烏雲追逐著西三環的落日，並順手抹掉
新北京額頭上的幾粒雀斑。從喉結粗大的
電視塔，到CBD跨下的精品店
你腳下生風，逐一解開沿途的紐扣
婚禮在轉彎處，像一部
攤開的開心辭典。繁體新娘
還在化妝間勾勒最後一筆
倒是新郎迎風招展。一叢鮮豔的嘉賓
信口吐出一大段佳話，而新郎的霓虹臉
也已感染了亞運村多情的公寓

酒過三巡，婚禮七點半開始
一對新人上場，象徵了出版業的繁榮
「婚姻如版權，當一點點良知被保持
我仍然熱愛書籍，但容不下不法書商」
三聯的老編輯，捧出新笑料
人氣頓時蓋過人民社的伴娘
新郎致辭時揪住1980年代不放
惹得羽翼漸豐的小輩呵欠連連
「所謂八十年代，不過是該得到的
尚未得到，該喪失的早已喪失……」

司儀不是喜劇之王，不曾在詩生活的現場
跑過龍套；也沒有為飲食男女編寫過
遊戲的教材，因而局面稍稍失控
餐桌上的佳人，角落裡狂野的胖子
爆笑的龍蝦，以及叮噹作響的睾丸
幸好這一切，並沒超出某位女作家
人到中年的承受能力。婚禮繼續進行
允許詩朗誦，也允許二人轉
歌頌愛情，順便讚美主
晚會的主旋律，仍是川籍詩人的火鍋口音

繞樹三匝，烏鴉免不了失態
你也免不了向溺器傾吐
滿腹苦水。據伴郎透露，今夜
心血來潮的繆斯要來揀選
詩仙的轉世靈童
條件是善飲、混帳與豪情
大醉之餘，仍能保持清醒的寫作
這樣的胡話讓你躍躍欲試
你踉蹌著轉朱閣低綺戶，構思著今夜
被一輛計程車運往你迫近新年的小屋

愛　　那是什麼？屋簷一溜煙
　　　跑過閃電畫亮的橋頭
　　　彩衣的你隨之而搖撼
　　　巷子尖嘯，樹像樹敵
　　　狂風把水鄉吹得偏西
　　　我們十指嚙合的齒輪
　　　世界得以秘密地運轉
　　　大雨是個深情的烏托邦

天塔

當琴聲隨天塔一起旋轉
我的目光像騰起的塵埃
最美的，記憶的吸塵器
是一束關於你的即興花
它試探著海螺形的鎖孔
像個隱身的愛情修理工
在登高的男女與爛漫間
掏出松鼠般敏感的暮色

短長書

鞭炮吵鬧的碎屑，哪怕來自
老友的婚禮，也盡夠煩亂
新娘果然是新的，到處
撐著婚紗，與局促的長輩合影
而昨天還在郊區，為一所中學
捎去講座的新郎，此時卻靦腆得
像山坳裡的夕陽

我和你從孔廟趕來。誰挑選了
這古老的場合？祭孔的小妹、肅立的遊人
臨時拼湊出儀式感，就像你
不合時宜的披肩，通紅地舞動
整個擁抱、淚水俗套得
哪怕立刻打開電視
也能收看到相同的畫面

連夜的疲勞剛在大殿內留影
合併的旅途已延伸到百里之外
你說家鄉是你最厭惡的地方
叛逆的底牌，從未跟青春的紅與黑
組成合歡的花色。那就早點認輸吧

借一杯水酒退出喜宴

沒有落日的圓滿，還沒有落日的風度？

杜甫故里

詩聖故里
座落於名為站街的小鎮。

南窯灣,滿地瓦礫、垃圾、衰草
意象了杜甫一生的潦倒。

紀念館小院,幾通頌碑,
其中一具鏤寫著英文。

(作者路易‧艾黎熱愛杜甫,
因為他熱愛中國、詩歌和男人)

西北角有一株嶙峋的
從杜詩移植來的棗樹;

筆架山嵌著三孔窯洞,左邊那孔
據稱是杜甫落生窯。

窯內暗沉沉,新磚敘舊,
入深十米,擺著幾樣平仄的傢俱。

窰壁正中一幅炭精肖像，
漫漶如繁霜鬢。

一千三百年前，畫中人就是從這寒窰
發出對宇宙的第一次抒情？

端午

那浣紗者可是臨江仙？
百歲坊附近的橋洞，流水按下快門，
攝入了一個節日的倩影。
茶馬古道上布農鈴又響，她肩頭的北斗
又成了水中的瓢藝。一兩株
採回家過節的水草。
外鄉人也受到邀請，他帶來了
詩歌的粽子：一隻
名叫歡樂女神的蝴蝶在越洋電話中棲落；
一個患有急性思鄉症的姑娘止住了淚水。
她有點沉湎於他的失態，
一邊用粽葉裹住「遊悲」。惹得他想問，
那拈紫溲花疏惹吉祥草的人，可是在
情死的路上？在十二歡樂坡？
納西小院裡大概藏著
古老的答案，正如我們靈魂深處
都收藏著一部《魯班魯饒》。
陸續又來了幾位客人，那隻牧羊犬兇狠地
擺出求歡的架勢。晚飯前
他跟它玩了一陣，

看它以植物神經紊亂的熱情
咀嚼水草，並用前蹄招呼他入席。

拉丁之夜

以一種反竣工的粗野熱情
建築裸出了水泥
又被霓虹與鋼筋捆綁
門洞喘息，吸收夜色與舞者

供夢遊者低飛的走廊
通往這座建築最激烈的部位
那裡有複雜的腰和屁股
辯證的眼神，急促的大腿

那裡有果然在蕩漾的舞池
領袖在燈下旋轉
窈窕的男子繃緊了自身
表情嚴肅，像執行調情的命令

而美女，恰恰是陀螺
沒有幻影，只有影子位
撐擺，捲褶，倒步拋擲
她們渾身都在蔓延，以一種奇特的醉意

瀿源

高聳的小區，街道似峽谷。
夜風是暮春搬起的怪石，
在醉意深處的園子裡堆砌著，山內有山；
也攪動微弱的煙頭似的波光。

柳樹們虛掩著空曠的臺階，
像固態的雨下著。
柳樹們沉入影子，而我
終於找到了水聲

孔林

街上辨不清時代，
園子辨不清節氣。
遣送黃昏的雨點少於行人，
圓柏裸出時間的風景。

死是不死的。
死，滿面春風──
青草立其誠，連綿著孔丘，
青草根植於聖人浩蕩的子孫。

孔林
(二)

蛾子們停在墳頭草上，
揮之不去，如裝訂虛無的圖釘。
墳間曲折的空地
難見它們薄薄的身影。

蛾子們也不棲於渾身無草的新墳：
墳前紙紮的繁華、
墳頭埋沒的孝竹、
墳中嶄新的土。

天街

樹梢即天邊，傳來
擁擠的風聲。你辨認著風的轉折，
岩石如激動的經卷。
山勢漸緩，星光卻變得陡峭。

天性如此——
星光已習慣默默散去，
當月亮像最近的旅館，
房門緊閉，空餘絕望的床單。

山行

光線、松針，縫著山坡的破綻。

路，一度藏在路邊；春光染了秋意。

這是泰山偏僻的一面，

路散了，我們索性跟著電纜。

接近於山谷的沉默，已持續十里。

廟之廟會，書法彎橫。

遠，遠不止偏執遠山，

近，瞧鳥飛得多熟練。

曹縣

……有著牡丹的皺褶。
我們在燒餅般的園子裡賞花，
花瓣一地，像是賭氣，
石砌角落叛逆得像青春之歌。

街，湧出陌生單位，忽然兒時。
小販在暮色之中，
你的家巷，蓬蒿茫然。
記憶是臨時的泥瓦匠和園丁。

貓空

空穴，來貓爪之水。
那是頑石劇團，在溪床內部
演出有些色情的虛無

她們來了，黝黑如鐵觀音。
青翠的四周也漸漸黑了下來，
彷彿下午會議上的中國。

如此，纜車貓空了
霓虹視野。這隻臨時的野獸
越過詩歌的晚霞和動物園，

將我們送至群山
與細雨中的茶寮，
那露天又藏天的一角。

在那兒，我們用茶下酒，用禁果下酒，
甚至用一所中學下酒，
當雲霧飄來，像鄧麗君的時候。

海妖與酒鬼

火車站小得
像特意為幽會設置的入口。

那些波光男孩、愁容店鋪，
招牌們紛紛朝深藍招手。

珊瑚般的黃昏，旅館徘徊，
漆白的教堂也在入海。

海灣不停地露出泥灘；
停車場是一片幾乎將自身淹沒的巨浪。

一輛介於停泊與漂泊之間的汽車
知道，你們是海生的一對。

她是你懷中的酒瓶，
你是她不倦的魔歌。

台中

明亮的箱子在廣場上蜿蜒，
如逢甲夜市無限的小吃。

你很想拎著這樣一只燈箱，
走在精緻的街頭。

類似的明亮可能來自於
一家檳榔般的小店，

或一對戲劇性的母女
近乎草原的熱情，

引領你穿越公園或海峽，
來到她們的「貓滿」之家。

哦，那些曾經的浪子
才是一座別墅共同的主人。

它們用各種躥跳
把陌生人變成野貓。

濃濃的貓的氣味，你喝著紅酒，
冰塊在台中的杯子裡融化。

酒吧植物學

一棒雙空。逼仄的塗鴉空間，
穢語透著禪機。不像在詠竹，

酒吧卻變成醉竹節。肉竹嘈雜，
小花鼠刺的眼神，流蘇你。

她的豔紅鹿子，蹦跳於
古詩與台獨間。

桌子下就是野外，
你的手摩挲著她九芎般光滑的大腿。

山踟躕，目光裡的雄蕊，
她諳熟他們的水藤，繃緊又繚繞的視線。

視野即藻野，
酒吧也是藻飾的藻類。

無根，卻有細密的
莖，傳遞著色素轉化的能量；

纖維——通往
那些葉狀體邊緣的膨脹。

扶風山

……像座被雨霰打亂的生物鐘，
山腳的建築已被明清兩朝形容過了。

楹聯、碑刻，晦澀又迂腐，
不如山路知行合一，直通漢白玉大儒。

山腰的桂樹歷經百年，終於自圓其說。
枝葉鉤連，自相呼應，到了八月，

勢必媚俗了享堂的虎額；
一圈鐵柵似有格物之姿。

龍場悟道，陽明先生別有洞天。
通進八十尺有餘，離天似不盈尺，

空穴來風，開門猶是閉門人。
四百年前捫心自問。

首象山

鑲嵌了紅杏、金錢
　　　　　和墨鏡的登山，
　　　確實是一齣喜劇：
　　　　　繽紛、幽默；婚姻的假山上
世故可以是很浪漫的風景，
就像我們停在半山腰的汽車。

首象山並非巫山。
　　枯與榮的迷魂陣，
也是秋日的辯證法。野菊花灼灼，
柿子樹垂下
硬如新詩的果實，誘人，卻不可口。
但柿子不是雲，喜鵲也不是。
　　　　　　　清澈，卻不見底的黃昏，
只有爬上空山的月痕
像朵即將被自身驅散的愁雲。

山頂緊鎖的雲房前，
　　　　　　未寫的詩篇替我們合影。
　　　不是首相山，也不是手相山，
詩歌有它更奇特的命名。

當它豪邁地指點落日、城池，

當它這樣勸慰你——

放眼望去，又有哪座山不是孤山？

山行

一

墨綠色的風探出城外
恍若牛角

林木的，吼形陣容
淡出了群山

這也是汽車的梳齒，劃過
山鬼的瀏海

我們把汽車的一生
稱為道路

而道路並沒有固定的一生
沒有影子，沒有深度

但我們憑藉它移動
就表明世界正在運轉

二

路邊，一場車禍傾斜的現場
只有半輛車

另一半
被死神開到哪了

帶著渾身的
鐵和死，奔赴絕對的終點

人民忽然具體
像風中黃而艱難的草

這完全是由兩三個陌生人
和一具屍體組成的人民

在山路上平鋪直敘
忍住一切詞語

三

我不能將我的視野
稱為田野。那太草率了

我可以說，僅僅可以說
一群玉米，守護著幾株

作為陽光的終點和它的囚徒
的向日葵

一個赤子
立在草尖的露水中

只停留了一剎那，唱了
一剎那，又去追趕天空

我和你經過這裡一會兒，出神了一會兒
卻像露宿了一宿

山居

一

雲動和樹影

演奏一冬天的耳語之冷。

不，已然是凍得發亮的春天，

鴿子樹的綠眼，正吐露著

湛藍的秘密。

這秘密涉及每一寸流水，每一顆芳心。

雲鋪陳著自身的遠，悠悠

翻譯著漫山碧綠的自由，

形式裡有一切的形式，

笨拙裡加入了一切無用的智慧。

因此誰在金頂低頭看雲，

誰轉眼間就歷盡滄桑。

二

老病枝頭，一隻料峭的鳥

睇視一個孤立的人，

他同樣是它的風景，

只比它多一顆
不能完全融入山野的心。
就是這樣的心
也已被反復揮霍——
山杜鵑的葉子還合攏，天色還早，
一種密不透風的美還沒來。

三

細竹子的天空，圓石頭的天空，
有著無法攀登的冷漠。

一顆露水裡傾注的天空，
有著挖不出的鋥亮的憂愁。

在松針看來，雪是危險的，
天空是不可能的。

在鳥兒看來，飛翔是遲鈍的，
再多的飛翔也得不到天空的要領。

在山居者看來，天空蔚藍的勝利
是暫時的，必將一敗塗地。

這一夜，天空歸彼大荒，
像一枚交出了自身的頑石。

四

陽光教訓著嫩綠或鵝黃的事物。
這是初春的紀律。要求生長的
一夜之間幡然悔悟。

綠，只反對灰。它握住的泥土
已足夠，抵緊的寒冷已退縮。
在蔓延至天邊的音樂中，
它甚至不需要一隻喜鵲。

綠，在一場春雨中悄然潔白。
這是從未被馴服的綠，叼著山野之野。
它的尾巴掃得他臉上生疼，
但心頭竊喜。

過零丁洋

一

我登上了白頭浪翻的零丁島。
刺鼻的腥味來自沿路晾曬的魚蝦，

和剔除了肺腑的河豚——
曬篩的方圓中，它們每一條

都被剖成兩半，
像媽祖廟裡占卜的陰陽魚。

唯阿開著一輛臨時徵用的卡車
來碼頭接我，刀削臉像他的制服一樣沉鬱。

我們來到他的寓所。門後掛著警服，
桌上攤開一篇尚未定稿的小說。

二

我們去爬警局後的小山。
經過一家「魚我所欲也」的髮廊時，

唯阿告訴我：他從這裡

搜出過一本辛酸的賬簿，

密密麻麻

記錄著久久賒欠的嫖資；

又聊起他工作後第一份差事：

收容與遣散各種這樣的姑娘。

沿著備戰的梯形路、密實的鹿砦，

我被引領至一處久已廢棄的房前。

房子裡草木蔥蘢，鳥叫蟲鳴。

唯阿說這就是他的書房。

他似乎在炫耀

一種幽獨而又開豁的，山海間的閱讀。

但沒多久，他又藉一叢叢隨處可見的

低矮雜亂的竹子向我訴苦。

他說他名字裡的

筷，就是指這種潦倒的竹子。

三

第二天傍晚，

我沿著獰厲的海岸線走了很久。

颶風毀損了公路，

我不得不在礫石上攀行。

漁船上的狗吠

被汽笛襯托得格外淒厲。

海水像烏托邦一樣清澈。

銀鷗一次次把天空引薦給大海。

一處望海亭掛著春節的燈籠，

遠處是黑黢黢的冰廠。一條傾斜的涵道

插入大海。我猜想冰塊正沿著涵道滑入船艙，
成為魚囚慢慢融化的伴侶。

我累了，躺在粘滿螺螄的礁石上。
而落日，就像是零丁洋裡歎零丁。

珍珠颱風

一

街，一縷天空
潮濕地起伏著，
隱入疾行的雨衣。

雨，一擁而下，
水花低低閃爍，
像記憶的傘兵。

樹，也是少年遊，
搖動億萬條手臂，
每一條都攥緊狂妄的心。

風，尖銳而龐大，
城市略具地獄的
雛形。你的窗口是上海不可能的平靜。

二

舌頭是醉話的滑梯，
珍珠颱風珍珠你。
醉話也是滑梯，我請你乘坐。

手機乃避風塘，
無線不會被狂風颱斷。
你的糯米聲

像深夜一樣好聽。
語言的小舟
衝浪在一場宇宙的性愛。

雨和雨的縫隙，
話與話的空白，
今夜，都由風來填補。

三

甜蜜的狂風
在心裡成型。
有時，桃花也是一陣狂風。

（城市像從水中撈起，
醉漢像從夢裡撈起，
今天像從去年撈起）

下墜即上癮。
黑暗蚌中，你赤裸，
腰如細雨，晶亮在每一陣風中。

風在下雨，雨在颱風。
它們是今夜放蕩的幽靈，
擁有珍珠之名。

低語

只能側耳傾聽那悅耳之聲，
想聽出它暗示了什麼夢境。

———弗羅斯特

一

　　俯耳過來，你聽我說：
「我喜歡凝視空酒瓶，
它就像果盤中的脫衣舞孃。」
有人在一旁被麥克風握住，
一點點拽進點唱機，有人被爆米花
捧上天（爆米花也是花，
肥嘟嘟的花瓣，甜膩膩的花香）。
禍水被你喝光了，惟有紅顏
黑夜兩相歡，包房恰到好處；
　　　　　　　一隻手捏疼了表演，
另一隻手牽著歌聲中的妹妹。
　　俯耳過來，你聽我說：
「你腰細如歌，夜鶯般修養。」
有人跳舞在角落，摟抱出一點問題。

靈魂一閃，就沒影了，

　　　　　遁入盛開的猩紅地毯。

那麼你是由哪些瞬間構成的？

在人間偏僻的一隅，捕捉一個

剛出道的女人，是否足夠真實？

把一個老式男孩推向市場，斷腸人

在包房，但你可能是善意的，你

拋出的媚眼，遠遠地

　　　　　被另一個頑童接住。

二

　　俯耳過來，你聽我說：

「其實什麼都沒變。」不過是我還活著，

你已被裝入相框，掛進一個女人

寡居的客廳。那是在紹興柯橋，

一座日夜穿梭的輕紡城，我們坐上

烏蓬船，戴了舊氈帽；

襯衫和天空全是酒漬，

　　　　　　臉也喝成了花雕。

水網密集，兩岸倒是江南專利，

發明了你的悶騷。

一路上我借酒發飆，在水巷追逐；

而你趁熱打鐵，鍛煉你的金剛身。

我記得後來翻牆入沈園，你把一袋水果

送給一牆之隔的尼姑。而我

扮演了一下午騷情的陸游。

　　俯耳過來，你聽我說：

「其實什麼都沒變。」不過是

大海裡的少年人游得太遠。

燈塔如暗礁，

　　　　　　你過早抵達了彼岸。

三

　　俯耳過來，你聽我說：

「你細小的雙耳綻放，收集著異性的

花粉。」未豐的心胸是袖珍雷達，

那些屋頂和夜晚，你或許

可以探聽到星空的低語。

你撞破過醉漢的醜態，你盤踞、跳躍，

他們就蜷身，跟往事乾杯。

你偶爾任性，過午不食，
沒來由套上戒律，跟整個世界
打啞謎，只是命多得無須來世。
偶爾你也會加入到窗外的合唱團，
攀比著花腔，攪得季節不安，這時
我能感覺到萬物都蠢蠢欲動，
因為你唱出了它們（當然也包括我）
羞於啟齒的隱私。

四

　　俯耳過來，你聽我說：
「你發育得太慢。」這些年
你大張著旗鼓，炫耀一座墳墓；
男女關係也能改善邊遠的民族。
這也是常識了，只是產業
不夠傳奇，遲遲出不了塞，
一二品牌，不外乎羊絨、牛乳。
你確實也等不及了，像個光棍漢
挨不過眾人的春天。那就變法吧，
把舊城的老房子連夜推倒，

刷新了文物，讓喇嘛下崗

佛祖也不需要太多的信徒。

還從四川招聘了小姐，捏造你的春意，

生怕動作慢了，趕不上下一撥花季。

但你還是慢了。倒是風沙一年賽一年，

把接力棒迢遞給了海峽。

五

　　俯耳過來，你聽我說：

「上網會把人變得厚顏無恥。」假山和草坪

也能移進聊天室，前戲稱前景，註冊了

那麼多，總有一個ID面朝大海。

世上本無詩，水灌多了，

也就成了詩人。一雙手

敲打繽紛的詞語，好像一群蝴蝶

飛進你的窗口。可還有另一雙手

遮住了下半身。你當然看不到：

你的白馬王子已微微禿頂；而電腦附近

另一個女人，正與韓流

打得火熱。他們九歲的女兒剛換過男友，

今天又在快餐店定了終身。也有可能，
你夢中的麒麟露出馬腳，偉岸的
財務總監原是小個子會計，已趕在
年薪之前發福。於是你一夜
刪除了聊天記錄，哭紅了玉指，
可總有一波新浪在前，眼下的問題是：
明天你是否依然上網？

六

附耳過來，你聽我說：
「欲望最清楚，什麼是道德。」
衰變的婚姻，竟已影響到
你的食慾。油膩啊，你常說。
油膩甚至深入《隨園食單》的讀後感。
連文學料理都料理不了
你腸胃裡的厭世。
偶爾打一打棋譜，收官於某些
不眠之夜，把不時冒出的
雜念提淨，數一數
還剩下幾口氣，幾個劫，

有沒有共活的可能。

十年了，你有些宇宙流，有些不甘心，

十年了你反復論證過多少次，

不是排除法，就是反證法⋯⋯

七

　　俯耳過來，你聽我說：

「你興沖沖來了，比郵件裡

黑瘦了許多。」好像你開著敞篷車

考取的駕照，一路贏得

教練與烈日的好感。

送別最好在舊碼頭，

而接人莫過於新機場──

看你飛快地出現在錦繡大廳，

在人群中還來不及將恍惚的表情

定格成一張激動的海報。

下一個地點是遊樂場。

探進鬼屋，又登上摩天輪，兩隻

瘋狂老鼠，連袂譜寫另一款《神曲》。

而剩餘的興致，剛好夠

投餵一隻孔雀。

到了晚上，你早早換上睡衣，

但遲遲不肯就寢。我曉得你的顧慮，

你卻不知道，我關掉的手機，

一天內曾被瘋狂撥打。

八

俯耳過來，你聽我說：

「哥們，我真佩服你，娶個潑婦

也能美滿一生。」看不夠女兒的虎牙，

撲打不夠蚊蠅，早從相冊裡了斷了舊情，

也能容忍她晚歸時滿身酒氣，

和衣撲進浴缸。

在你的婚床，我們曾惺忪聊舊事，

誰和誰，親密到了

互相搓背，前程都是扯淡，

不過是把內褲洗成婚紗。

黎明摟抱著睡去，才各自

封鎖了自身。

我知道她厭惡我如初夜，

就像你的襯衫

洗不掉另一個男人的品味。

一年年，那具被生活火熱追求過的肉體，

不覺已輪換了多少睡姿。

絕句

之一

大雁飛過了現代

來自紅酥手的，形而上的按摩

來自黃滕酒的，尿與淚

一首詩，遠遊的驢脾氣

之二

草原沾染了一個漢子粗野的醉態

打馬走過三回，試問天邊的郎中

你皎潔的葫蘆裡賣的什麼藥

能否消除她秘密壘砌的病灶

之三

淚濕手機，她聽見了雪山

開花的雨崩，無題的雪融

那人眼中無賴的深意

暗如暗瘡，明如明永

之四

風景在眼鏡上浪蕩，白酒或綠樹
你還是遙遠的夜空裡閃爍的畜生
你一舉手，便拆卸了天涯
一投足，白雲深處的繁華

之五

應急燈，新月派的
籠絡江南水磨腔的水墨
深夜瓶子裡，周莊如莊周
相機流星般一閃

之六

櫃檯虛設的童年：
小火車的小遠方、小鬧鐘的小時候
我是電線
繃在中年的行走與兒時的眺望之間

之七

風，獨裁的決定。空中的剝削聲

車燈那反革命的眼神，盯著

揭竿而起的工地

胡作非為的黃昏

之八

油漆、鋼筆帽、關節、金蟬與銀蛇

秋風執筆，落木跑題

然而讓脫落從一切脫落中脫落的

是你一九八五年的視網膜

同題詩（四首）

雨巷

年華花樣地撐著，
像一柄油紙傘。
鋒利的屋簷
懸在頭頂；
雨嫖客般
放肆而赤裸。
飄渺的身體的丁香
向宇宙開放。

故事蛇行，慢吞吞吞下
悠長的景象。
雨巷彷彿懸崖，
不通往任何地方，除了
虛掩的她……

雨天觀影
即彳亍在雨巷。
影片也是雨巷，
也安排了雨巷。

如此，雨巷像雨
丁香般彙聚在一起。

而在時間雨巷
破爛的深處，一個
丁香一樣的姑娘
掐一樣的哀愁，
是一柄被絕望
從內部撐開的
油紙傘。

魚化石

梨形，剖開後，仍有波瀾。一條從大海
遁入石頭的魚一分為二，清晰地映現於
不存在的鏡中。這也是時間的刺繡，
反過來否定了時間。

黃金草原

草原上，
野核桃樹最顯眼。
像北坡的雪，
或春營地上，藍色的石磊。

棗騮馬顛著蹄子，
在斑斕的群星間溜達；
牧人隨口編的歌子，
河水般，隨河水流傳。

睦南道

街角的廊亭。
她調弄著嗓音，
手指翹挑向對面的建築——
它曾經屬於一位
在內戰中倒戈的將軍，
它曾經庇護了他旋渦中的晚年。
紅妝暗昧，她身旁的男子
抽著煙唱和。而他們的聽眾
更暗昧，甚至一邊聽一邊凋零。

在不遠處的酒吧，
我點了杯金瓶梅，
比起身後另一個女聲
味道還不算荒唐。
我們談論了什麼並不重要。
有人散淡地吸著大麻，
從一個漂亮的煙壺。
多少年了，睦南道

依舊像我的朋友馬驊所寫的那樣，

從傷感墮入黑暗。

小說提綱（五首）

警

紅與黑的土地
亦政治亦醉的邊境
文件逍遙否？勞改的人兒

是否別來無恙？
四海之內皆客戶
風雪貿易公司

又在鼓搗山水的行情
就連月亮也彷彿是
叫賣天涯的一則廣告

奉天承運，官員經理
與貸款亂燉在一起。他轉折
一個虛構的警察，陷在

本省深處，人民的爛泥裡
少年錯訛，槍啊線索半生
臨退休還是個蠻幽默的憤青

有鐵肩，也有滑頭；常常一碗酒
一派胡言。但什麼傳奇啊蒼天啊沉埋啊
他性格裡的血和雪，滿便衣

向晚

駄著廠區倒閉的陰影
增產大街延續半死的胡同
地產舊時夜氣
這是實幻

丁字院豎立
工人忙碌於風箏邊哭泣邊飛的
昔日的天井
你指點，一一漲滿白髮

記憶是另一群民工
情感建築公司，磚方於圓
塊壘於「不」和「啊」混凝的
現實邊緣。在那兒

心是四面颮來的大風
捲起炒麻子的巷口往事
驀地──
像從前那個「嘭的一聲」的老漢

與愛滋無關

病歷上一段不潔的性史
露出私生活的臀部。注射是一首詩
關乎低胸的職業溫柔
護士小姐掌握全部的隱私
卻保持著未啟封的藥瓶式的緘默

處方有一夜情的潦草
卻反對一首詩的神秘
那些缺點狀的，苦口婆心
說服著心頭與患處的混蛋們

像一份聾人聽聞的報紙，
醫院瀰漫著壞消息的味道
你看到窗外另一副病容
佝僂、禿頂，那是來自邊境的寒流
拖垮了一畝楊樹的青春
而它們的大夫還遠在春風裡

夢露的驗屍官

這一回，你赤裸而被疑團包裹的死
是女主角；電話是隱身的男主角
逝水年華——好萊塢
最偉大的導演、最蹩腳的編劇

一枚橘子的辛酸
一張電影票的甜蜜
回憶來自短裙，
和RKO電影公司勃起的水塔

在你眼裡，男人分為
養父、情人和觀眾
丈夫如泳裝，以三者的名義
倒映在游泳池般的歲月裡

總統是意外，手錶是隱私
「作為演員，我惟獨
不能勝任我」
「作為死亡，我還活著」

我是洛杉磯首席驗屍官

面對她的肉體，上帝

你這冰冷的器械！我只配

解剖她的靈魂

北京達利

沉默報、晚報、沙塵暴
世界終於以我的瘋狂為憂傷
迎面飄來睡衣女郎的肖像
上帝這個蠢畫匠

啊，垂直的髮廊、垂直的市場
垂直的天邊
那需要我調和的顏料
垂直，就是世界向我彎曲

就是從藥店購買一支筆
去漫畫瓦格納式的臭黃昏
對於我那旋律般的鬍子
我不過是個畫框

被我畫過
而需要拿去乾洗的東西太多了
在商店與桃花之間
有一條精確的細線

我通常只度過我畫的

那幅軟鐘裡的時間

從堅白的黎明

到野驢般的深夜

（贈臧棣）

速寫簿，購於巴基斯坦（二十一首）

海關

海關遮住了海關女郎，
時差中卻多出一罈美酒。
如癡如醉的群山。
冰涼的手遞還護照，彈指一揮
已是另一個滾燙的國都。

炎秋

酷烈的秋天。
這熱的民主，熱的經文，
連夢裡也不放過。一如泥濘中駛來
如花似玉的汽車，擁擠的大鬍子
連車外也不放過。

謎

她的美轟動了醫院，看熱鬧的
急如急診。她的美再不會私奔。
擔架殘酷的一旁，是她八個兄弟。
「八個兄弟，」艾大夫說：
「不知她死在誰的手裡。」

鴉群

廣場棲著烏鴉──呈現出
鴿子們所不具有的體積和風度，享用著
我所不具有的晚禱後寧靜的投餵。
清真寺外，它們甚至有著
它們本不具有的奧義與護佑。

寶石商人

集市不成方圓，像流浪藝人懷中的樂器。
布店挨著書店，英語挨著烏爾都語。
樓上的陋室裡，六個男人席地而坐，
羞澀地向我們展示
藍寶石、紫水晶、青金石、祖母綠……

斐塔

信仰的柔情。也曾在喀什米爾積雪的鷹巢
飲酒到日出,心灰難揩。
也曾歸來,年華廢棄了才華。此刻
在一家伊朗餐館,杯盤間他漫不經心談起
李白和鄧麗君。

伊斯蘭堡

雨後，草木更虔誠，消融建築的欲念，
一邊翠綠地匍匐著，念誦露珠。
小甲蟲也老了，顫巍巍攀上清脆的草尖
或濕潤的無。你直起身，
雨後，伊斯蘭堡更像一座偉大的村莊。

白沙瓦

我在塔裡用餐，山羊在街頭漫步，
紮了小辮，染了羊頭。皮革味的街道
狹窄得像兩旁親密的老房子之間不應有的隔閡。
二十年前，不就是我嗎？街心那個
被皮球追趕，被零食拒絕，被落日祝福的彈弓少年。

「死水」

河水起伏而停滯，朗讀垃圾。
老人蛙泳到對岸，背影渾濁。
孩子們縱身入水，兔滾鷹翻。
一身童年的爛泥，水花四濺：
水中精怪的花樣，七十二變。

領事館

阿富汗領館內,大鬍子士兵猙獰而友善。
人們或躺或坐彷彿公園。
暫扣的手機組成樂隊,粗壯的楊樹垂下舞臺。
簽證時我遇見一位美若天仙的
難民。

走私市場

走私市場，如記憶漫畫的故鄉。
同樣屋脊模糊的土坯房，黝黑捲髮的人民，
同樣浙江的小商品。不同的是
毒品槍支，並非出於年少無知的江湖幻想，
而是來自小巷深處的貨郎。

阿富汗邊境

這半小時是送給入境者的禮物。「昂首天外」
是邊檢官案頭的漢字。地平線說：
「其實我是座軍營。」蒼茫的士兵與天真的乞丐
都握緊金屬。馬路也人道，
真主保佑UN多情的物資。

喀布爾之夜

寶石鑲嵌群山，槍口凝視道路。

入夜的喀布爾，以靜寂籌備大選。

店鋪零星開著，愛上美國。

男人零星走著，不再長袍。

過了花街便是，兩個瑞典人被斬首的公園。

首飾店

喜洋洋的櫃檯裡，不合群的一枚。
藍寶石瞳仁。黃金眼神。
眼角的水晶，一滴淚的化石。
它是被哪位匠人精湛的手藝
傷透了心？

廢墟

轟炸之後，廢墟有了牛羊；

一夜之間老去的房子，有了蔚藍的屋頂；

火中取栗的男人有了水中撈月的女人；

泥黑的赤腳、炊煙臨時有了不再驚恐的大地；

轟炸之後，廢墟有了商店，賣好萊塢大片。

排檔舞會

穆斯林之夜，女人隱退。
藤床餐飲、夜話，西窗原是西天。
樂器油漬著，演奏孩童胡鬧的熱情，
男人們卻舞得清淡。你加入
手執天涯，與萬里之外的人兒共舞。

古堡

當箭垛已成鳥巢，曾經鮮豔的線條
化作青煙、白骨，曾經支持建築
如今卻極力反對的柱石，僅餘宗教的棱角：
時光，才是唯一的目光，
在風中不朽地凝視。

菩提樹下

樹冠把陽光裁剪成星光。
樹下的陰影與菩提編織午後清涼的地毯。
半透明的小蟲將我努力適應成樹根。
一隻烏鴉收攏風雲和翅翼，口若懸河
宛如兩千年前的釋尊。

在路上

恍惚的公路像個以群山為道具的魔術師。

一會兒把大河滿身的波光猛然拋起，

跌落時已是乾涸的卵石；

一會兒又將天空縮減成一縷。最後它用一座頭戴烈日的

冰川，將我融化。

一樣……

一樣是蒼山珍藏著雪山。

一樣是泥石驚悚的公路，通往碧綠的村子。

一樣是太陽的寒意裡的孩子，盼望平坦的空地。

一樣是滿眼淡藍的野花，美如天涯。我淚如雨下，打濕

一樣湍急的江水。

山路、山溪

山巔的母牛替雄雞報曉，
我替鷹飛。
沒有日出，一群雪山帶來模糊的黎明。
薄光中我看見雪山的一雙兒女：
塵土飛揚的阿哥伴著冰冷清澈的阿妹。

蒙古詩

呼和浩特

草反對綠的郊外，
大地滿是鏽跡。

大地像是剛出土的，
帶著灰瓷牲口。

我像是剛剛歸來，
從異性或異鄉，

眼噙寶石，洶湧的胃液，
正消化一個男孩：

他墨守著破洞，久久地
摩擦抒情的翅翼。

歲月起高樓，
男孩抽身離去。

現在，我代替他站在這片
故鄉只剩下郊外的土地。

家巷

昨天是鬼節。

今天我經過

我為逝去的親人燒紙的路口──

那是一種幾乎與火無關的焚燒。

炭枝畫的圓清晰，

像從童年搬來的小桌子。

陰山颳來的風，

還在替埋在那裡的人享用灰燼的供奉。

換乘

公交車是風火輪，
我和小林
跳進前門童年的五行中。
烏托邦限高一米，
我們漫畫般的漫遊，是免費的。

深藍與淺灰的樹林，售票員轟鳴。
我們模仿著剎車聲，
身體隨站名一斜。
這是我們練習聚散的
江湖玩具。

我們熱愛拐彎。交通的卡通，
街景瓦灰的流浪記。
我們也熱愛換乘，宛如以偏僻為水草的
遊牧民族。哦，換乘
比拐彎奇特。妻子和我從後門下車。

晚報

街頭等人，買了份晚報。那簡直是死神主編的報紙。

第一版官員之死：市委書記牛玉儒死在任上，全國都在學習他的牛飲與儒家事蹟。第二版乘客之死：11.22空難死者超過飛機上的人數，一晨練者無意中在南海公園，搭乘了本次航班。第三版牧民之死：一對養奶牛的老夫婦被兒媳掐死，三百元。第四版：打氣筒、二十幾下的少年之死。

晚報傳奇，以詩歌般的簡約搞定災難，培育你靜靜發瘋的能力。哪怕你已在一座城市生活了二百年，晚報也會天天提醒你：你仍然是這座城市的局外人，你甚至還年輕。

大窯

一棵寡婦似的果樹。

寧靜的狗。垃圾堆像墮落的敷包。

這就是博物館，馬廏改造的展廳，

窗戶灰濛濛的，

隱約浮現五十萬年前的石器。

大爺為我們指點遺址，

太費解了，那些方向的霧。

我們無法像五十萬年前那樣，

本能地來到石器場。

前方崗阜起伏，

廣泛出露著片麻岩；大青山

因久久屬於一家古老、偉大的公司

而不能被稱為大自然。

它只是先民用剩的蒼茫餘料，

曾被加工成盤狀石核、手斧、石球、

單邊或多邊的砍伐器，

尤其是龜背狀刮削器，

一片片削出文明的雛形。

我就是一塊燧石的白日夢，

在蟲鳴空曠的熱情中，

一路從博物館滾回那個

湮開的，野茫茫的地點。

蓋天圖

（無寺的）五塔寺
北山牆，刻著天下唯一一幅
蒙文藏碼的天圖。
彷彿沿舊城五塔寺街往南一拐，
你就會陷入塔後的蒙古宇宙。

浮屠有地水火空風諸元素。
水依風，風依空，
本無所依的空
依著北山牆密密麻麻的天空。
或者相反，這五塔才是宗動天，
為一千五百顆骨舍利之白的星子，
佈置了瘋狂而透徹的秩序。
某個天區的漫漶，
是星斑？瀰漫星雲？
還是宇宙本身的茫茫？

這幅天圖的二十八宿
按逆時針排列。
與一切星圖相反，
這俯視之圓，意味著天即天壤。

還是你，還是沿著那條老街往南一拐，
你便置身宇宙之外。

大召鐵獅子銘文

錯別字是詩。

「住鐵獅子一對」：

活鐵獅子，佛法即獸籠；

或如詩僧沙德格爾的好來寶：

「你那輝煌的佛殿便是無底山洞。」

翻譯是詩。

「恰惱火」、「恩克吃兒」：

隨音就字，本地脾氣

如飯量。

物勒其名是詩。

「大同北草場

金火匠人陳二一人成造」，

置於贊助者前，銘文開頭。

而中原工匠之名，木屑石屑。

阿貴寺

道路比汽車更像一頭野獸。
它命令你徒步，以一顆底盤之心。

梭梭低低的迷魂陣，
連石縫裡的野花也暮色蒼茫，
彷彿小小的深淵；土坯房亂，
連牲畜都在修煉一種清心寡欲的生活，
蹄印如無僧之寺。

剛剛圓寂的活佛
就埋在房後那塊清晨般的坡地。

而羊腸山路才是阿貴寺大殿：
你必須面壁而行，
到處是細小的石碓與白幡，
清風造像，
穹頂是唵嘛呢叭咪吽似的天空。

巴丹吉林

（兼懷海子）

老路陷溺，新路易被吹散，
吉普醉漢，那就試試無路，
時而低飛。
快失重的我們擁擠、墜瀉，
斜衝上浪峰，像一首豔詩。

這一幕熟稔，童年像死後
玩著沙子；迷宮幾乎流水。
你是沙做的沙漏，
漏下的沙子，組成了沙漠。
詩之蚌磨礪不肯漏下的沙。

海子濁黃，緣於它的清澈，
它多像個誘你幽媾的女鬼，
對於巴丹吉林，它的
曲線認同而它的平曠反對。
你多想做它野鴨飛起的岸，

摸遍它的夢境，舔它的澀，
久久地聽它無聲處的駝鈴。
天地玄黃的凝視。你躋身
自戀的蘆葦，徘徊又臨照，
像豔詩，空被滿溢地盛著。

沙漠珠峰

飄然曠野的登山。
雨是謝公屐,
大漠,收緊虛滑散沙,
像塊古樸而妖冶的毯子。
你嬉戲著陡峭,
讓它在你腳下融化。

這是幾乎可以搖曳的山,
脆弱與倦怠的山,
跟海結盟又反目的山,
解析的山。
你登上了它的最高峰,俯瞰著
太美的末日和鷹。

郵花

郵遞員風馳電掣，
趕往群山的褶皺間。
摩托車尾氣驚散。
她幾乎是冒著生命危險
去送信，紅頭巾炫給
事故多發路段
超載與酒後的司機。
她身上的郵政綠，
像移植過來的小葉植物一樣
變淺了，渾然於本地的黃。
對於那些迤邐於山的
無意似的嘎查，
她的到來
閃耀著一座宮殿。
你把相機對準她，卻拍攝成一株
激烈的植物。

烏海

一

這座塞外小城
終年被布幔包裹，

又像一隻漏底的碗倒扣著。
瘦損的黃河則是碗壁上，一道詭異的裂縫。

到處是沙塵和粉塵的味道，走在街上，
就像走在一名化工廠工人的矽肺。

烏海也是一座煙囪博物館，
密集地騰升起烏海。

大量煉焦廠
派生了源源不絕的煤氣，

棄之可惜，又無法有效利用，
於是就有了不舍晝夜的火囪，代替路燈

把一座沒有窨井的城市
照耀得更加乾涸。

二

嚴寒、酷暑、乾旱、風沙、
污染、野兔、山羊、人，

我敬佩在這地獄的
搖籃裡生長的植物。

它們是旱楊、沙柳、棉刺、沙冬青、沙蔥、
沙蓋、蓯蓉，以及讓人想到馬革裹屍的革包菊。

這些草莽英雄否定了葉與花，只保留了
枯萎而進入真理的根莖。多麼荒誕，

那古老而珍稀的四合木
竟然是本地植被建設的主力軍，和燒柴。

在世界持續的末日裡，死生一如
但只要有一滴雨，它就返青。

世外桃源

從高速路下來，沿建設路一直向東，到紅星
跟路人打聽轉龍藏；然後繼續往東，當你看
見「見世外桃源」就下車，我在那裡等你。

——老舅的短訊

蒙迪歐駛入
老舅指路為詩的包頭。

老舅是二級鉗工，
板銼、油光銼、時光銼的大師，
手感如花：
「銼削量如細菌，誤差以絲米計。」
半生包鋼，幾年前為表弟騰出熱史。

小時侯我通過香煙認識包鋼：
鋼花本無樹，
出爐的鋼水像火紅的瀑布；
我把以包鋼為題材的《鋼花》叼在嘴裡，
一邊想像老舅熱火朝天的模樣。
那時文革令他感動，大老粗最美。

我看過一部影片：
包鋼選址於當地最大的敖包，
黑白著，牧民與鋼鐵和解了——
鋼鐵才是時代如虎的敖包；
累石為蕆，天下沒有不散的敖包。
「解放前包頭只有七里水泥路，
十七盞昏暗的街燈。」
精確的地方誌，沒提包鋼尾礦壩
每年三百米的污染速度
五公里外的黃河。

我上次來包頭還是蟋蟀少年，
老舅家和野外都在城裡。

原以為世外桃源
是大老粗老舅棲居的小區，
沒想到他煙盒似的平房，
移到了爛泥拼湊的近郊。
更沒想到他在世外桃源給人搓澡，
那色情的，他抽不起《鋼花》的世外。

蒸汽瀰漫的老舅
一生從熱火朝天到熱水朝地。

我這浪子，我這多少個包房裡的混蛋，
哪座世外桃源，
能洗去我鋼化的愁垢？

車禍遊

老舅趺宕於酒杯中，
上路時蒙古王已擱淺。
而呼包高速在細雨中，
一如雨絲般的疲憊
在彈跳的酒勁兒中。
萬里長調，蒙迪歐
躲過了槖駝、流石、
瀰漫於曠野的抽象，
但這次它沒能躲過
突然改道的路障。
它飛了銷魂的幾米。

警察為指定修理廠而來。
我們跟車禍合影，
倒著欣賞一路霓虹，
高價的終點已闌珊。

修理廠報廢的汽車
如癡如狂，死神
是個塗鴉的冷酷男孩。
拖車司機指點

同一事故點的前一輛，
紅旗車頭整個陷入車身，
它的主人再沒什麼可以陷入。
但這裡無法定損，
小蒙又一次被拖走。

「九原段屬三哥地界，
頻頻改道大修，
標識隱晦，曠日持久，
不然哪來的生意？」
後家公司透露，
一邊給小蒙換上絮語的後軸。
天下輪胎一般黑。

「謝謝」

它們把這片雪原變成彈丸之地，
一邊留下凌亂的窟窿，
一邊刨掘著，垂青於細腰，
蹄子鏟揚起薄霧。

克服對套馬杆的恐懼，
「謝謝」緊跟著你，
以一種不覓食也不飲水的寂寥。小巫婆似的
眼睛，百望著你。

它相信
實際上它不在它們之中，
它是個不牧羊的牧羊人——
它的母親拓展自胡日勒全家都握過的奶瓶。

廟

四五塊碎石
壘成世界上最小的寺廟。
一尊觀音，置身山峰的巨浪。
青藍的面容像小小的蒼天，
野草是茫茫香案上盛大的香火。
她守望著萬古愁似的，風之苦海的雪國。

牛糞之詩

牛糞已在大地上扎根。

需借助鍬鎬，

才鬆動成筐耙拾撿的頑石。

曾在鬆散的結構中騰挪的水汽

邊冷卻邊焊接。

牛糞有古老的雷紋和雪意。

甕形花，混沌地開放，

或者是倒扣的漩渦。

一座風為火準備的迷樓

坍塌後，

寒冷也坍塌了。

騰格里

熱升騰的圖騰，

你考慮詩歌的爐膛。

牛糞的史詩，

一如草原塞滿風光的電瓶。

冬日黃河

液態的土停滯了，
渾身雪白的棱角，
像春雪初耕的蜿蜒坡地。
綿羊般的日光，在其中漫遊。

渾濁的反而是它的兩岸：
草木，魚鱗古道，
以及狂風一再搬弄的古老的土。

信天遊

他吃餅，牙齒模糊；
它吃餅屑，鼻子沉重。

帽檐七上八下，他的頭髮
像它的狂吠；

尾巴可圈可點，它的皮毛
像他的年華。

它的癢飄渺，
而他沉醉於褲襠。

它是他的寒窯，
他是它的黃土高原。

祭　橫在墓前霜凝的幾畝，
　　　明黃的胡麻戳刺著，
　　　短促的矛尖跟漫天敵意
　　　已較量了一個冬天。

　　　月暈的海倫，離去後
　　　黎明充滿蓽麻。
　　　滿坡亂石，它們的鐵銹紅
　　　彷彿跟犁鏵有關。

　　　走進山谷，
　　　你感受到地下的親情，
　　　環抱的山將寒風屏擋在外，
　　　墓碑投來陽光的目光。

　　　你來，宛如靜電，
　　　構成磁場的另一極。
　　　而他們已凹陷為漢字，
　　　記錄在那兒，省略一切修辭。

立春

貓，貓在窗臺。斑斕的雞
滿腹經綸的樣子，在院子裡尋章摘句。
狗是憤怒的門鈴。

三聚氰氨使牛犢變得強壯，
它們貪婪於那本應被收購的母乳。
它們在盆裡牛飲——

習慣擠奶器的母牛的乳頭
已難捱牛犢的口齒。
牛年的牛，僵臥在院前的陽婆裡。

茅草高過茅房。牆取材於大地。
井口磊落著石頭，水深邃
如貧瘠保守的秘密。

惟有炕圍泛出綠意的小村，
春，像個髒兮兮的小男孩，
在記憶中忽然站起。

山曲

村東電桿倒伏的黃泥小院，
是我對宇宙的第一印象。
揮動歸來之鞭的小馬車，
不同於停在米年間那輛。

喇叭傳出高亢的二流水，
蜜語化作嚴厲的唱腔。
合我心意的蹋地呼天，
詩是一座陰山以北的村莊。

幾扇雕花如過眼雲煙的窗戶，
廢棄在我一定耽留過的涼房。
我觸摸著世間最美的破洞，
彷彿可以摸到耽留於窗紙上的星光。

房後的鴉巢是一滴粗糙的淚水，
噙在不遠處的遠方的眼眶。
我走到一首詩的盡頭，
傷逝如辣椒，奪目地掛在門上。

雪

雪，也可以纏繞。草被繃緊。
那座美麗的墳塋因此在延伸。
從松柏銀色海星的枝頭，到
岩石的豔詩，燴菜似的灌叢
亮閃著足跡。雪暫停，樹枝
卻在繼續下雪，一個鋒利的
世界，也是一個王維的世界。

但詩不是田納西灰色的罈子，
而是飛雪的山路盡頭的白塔：
修建它的，是奇蹟般的雪人，
是秘密地艱難地搬上山頂的
詞語。

牲畜與長城

耕牛杜甫。
牧牛陶潛。

儒家養豬。
伊斯蘭草原。

羊是道家。
遠水為良，秋冬晚出。
烹宰是詩，
風吹草低的身影是詩。
推窗的塑雪之詩，
剪毛的摘雲之詩。

天馬無鄉的鄉愁。
狂禪般，隻身打馬，
月下馳近敖包。
憑誰問，我的馬尾辮，
可是你的馬頭琴？

胡

鴉眠靜悄的
井之意的胡同。
胡星的精芒吊桶，又在打水。

歷史如胡思亂想，
歸化發出
歸化的回聲。

野獸頷下的贅肉，
戈戟曲垂的鋒刃，
大與遠，提問的胡。

連鬍子都是一個胡鬧的異族，
胡攪蠻纏
如詩歌的一派胡言。

北西遊記

磨難像第五位隨行的弟子。
旅途中，呼拉斯圖阿貴村閃爍。
唐僧向烏哲斯古楞・蓮花化緣。
一向禮敬喇嘛的蓮花，布施了兩隻金釵。

八戒挑著擔子，
胡悟空手捏金釵。集市上的唐僧
恰巧向蓮花那心眼如釵中一點的丈夫
兜售金釵：
「你若想要，就給我十二兩銀子。」

冰雹一樣的時光。輪迴的疼痛。
「與其遭受毒打，還不如離別好……」
蓮花揣著經書，
把房梁和脖頸劇烈地連接在一起。
睡孩子。
痛苦猶如滾燙的油脂。

她那騎著白龍馬也追悔莫及的丈夫
覺得屋子和院子都沒有意義了，
他想在她的墳裡躲避

這個突然被架空的世界。

她的兒女禱告：「母親呀，

您無論在哪裡也要變作風飛馳！」

烏哲斯古楞‧蓮花

已踏上一座漂亮的橋。

煙……去……

羅剎……扇子……

冥夜裡冷，銀橋，江河。

這是旅行的和尚帶給她的旅行。

岩畫家

我把獵物鑿刻在岩石上，
於是變成皮褥的野獸，又被我征服了一回。

枯枝線條，間或折斷似的鋒利，
恐懼有著好看的花紋。

我把鹿角畫成密實的樹林，
於是巉岩上的小鹿，在它隨身的山麓間徜徉。

我如此畫《慢》：日落於
駝峰之間。我讓夕光著色。

而《快》是彷彿可以縮短路途的
騎手與馬背的細長。

我雕畫令我驚訝的事物
和牛眼似的驚訝。

我最愛畫我最愛做的事：
我們看上去像一隻壁虎。

我畫的面具可以促進植物生長。

我希望宇宙更簡略一些。

驚馬

前世般的野花。
雲的刺客與迷宮。遠方多像個男孩，
連茫然都那麼清秀。

突然。在小蟲子與牛群與寂靜的三重奏裡，
加入了淒厲的嘶鳴。
一匹馬衝下矮圓的山崗。

半爿馬鞍像著了魔的秋千，
在鞭長莫及的馬腹下
激烈地吊蕩著。

它越疼痛越驚恐，
越驚恐便以一種奇特的姿勢顛跑得越快，
馬鞍就越殘忍。

命運吸引著平靜的牛眼。
停住意味著一切；
馬尾闌珊的循環，它是自己的死神和天邊。

滿歸

馴鹿馱載的滿歸
已是採秋者與木材商的滿歸。
四不像的，時代與大興安嶺，
在我人生的中途。

瑪麗亞・索，額沃，深閱山林
倒映在您如神的記憶中，
請傳授我北極
和那彩雲般的落後。

空去如滿歸，
樹與我的枝枒，鹿影著。
我走進一家牲畜味的小店，
醉醺醺的大嬸撬開客房——

一張桌肚旺著爐火的鐵桌，
桌面漣漪著暮色。
我坐下來，開始寫作，直到
雙腳冰涼，這首詩被慢慢加熱。

祝酒辭

烤松鼠下酒。燴菜、列巴下酒。蒼蠅之纏下酒。禁忌下酒。

酒下酒。

烏鴉遺棄的麇子下酒。髒話下酒。門縫裡的秋刀下酒。蹄聲下酒。

星空下酒。

藍莓、紅豆下酒。犬吠、松濤下酒。不時添入木柈的火爐下酒。

獵槍的悲歡離合下酒。

多少漢子，馴鹿之詩下酒，或閻王下酒。

道爺

道爺。
瑪麗亞‧索冰靜地烤著列巴，
我到不遠處引燃蚊煙，
好讓馴鹿歸來。

道爺
昨天醉了，薩滿了一夜，
鄂溫克語漢語交替著棕熊般的夢話，
早昇時，離開鼾聲四起的帳篷，
循著獵物的烏鴉嘴線索。

道爺。
多汁而甜蜜的寶石，
野兔色的草菇，
泥土大師，吹奏油蘑瀏亮的小號。
我徜徉於如此淺顯的事物，
在萬能的山腰與山腳之間。

道爺
出現在山路邊，
腳下是猩紅的麂子。

一枚石子射向樹巔，
擊落的灰鼠被小徐叼起。
我背起獰屬的背囊，
我從蘑菇之輕到磨子之重，從泥到血。

鹿群

疏遠的蚊煙之白。
水墨馴鹿
側臥於松間的地毯。
咀嚼是一種慢。蹄子合久必分。

鹽是蜜。癢淘氣：
後蹄負責前癢，後癢頗費唇舌；
鹿癢刁鑽之處，
它們跟稚松耳鬢廝磨。

呦呦鹿鳴之怒，
以寒傖角枝對峙著，
低首揚耳，前腿踞立，
叉開的後腿間，露出雪白的睪丸。

鄂溫克語自學

自密林深處

細緻地愛著每條河流的語言。

額爾古納河是「大河」，派生了無數的小河：

塔拉河是「樺樹皮聚集的河」；

庫魯黑河是「山果爛漫的河」；

寶露噶耶里溝是「長滿空心柳的河」；

莫霍夫卡河是「苔蘚之河」；

金河是「駝鹿脊肉的河」；

魯吉雕河是「蜻蜓之河」；

拉嘎亞河是「河邊有馬鹿和駝鹿的河」；

吉林梯河是「哲羅魚的河」；

雅滿那卡河是「陷阱之河」；

索拉奈斯河是「蹲守在城場狩獵的河」……

也是山向水表達愛意的語言：

阿龍山是「分叉的水泡子」；

什露斯卡山是「溫泉之山」；

卡魯本山是「流溢礦石的山」；

上央格騎是「有偃松和瀑布的分水嶺」……

也是命名每一頭馴鹿的語言：

黑色的雌馴鹿叫「可歐姆鬧木台」；

白色的雄馴鹿叫「後加魯」；

雪白的紅嘴雌馴鹿叫「吉什基」；

當年生的小雄鹿叫「蘇由汗格納罕」；

當年生的小雌鹿叫「內毛巴格納罕」；

它們統稱「奧西格納罕」，

從一歲到八歲各有不同的名字……

以及馴鹿即人影的語言：

魁梧的人叫做「布克查」

（身軀最壯實的馴鹿）；

幹練的人叫做「吉諾」

（野生馴鹿角骨製成的鋒利箭頭）；

不講理的人叫做「果洛」

（無法馴服的馴鹿）；

窩囊的人叫做「毛特里噶」

（沒有角的馴鹿）；

飯量大的人叫做「虎力莫武」

（整頭馴鹿皮做的馱袋）；

總給人添麻煩的人叫做「難霸」

（馴鹿馱的重行李）；

捨己為人的人叫做「特尼」

（馴鹿皮做的柔軟的坐墊）。

所有這些人

都用馴鹿相互寒暄，越來越吃力地說著

以森林為詞根，

詞之物正在消逝的語言。

樹舌

碧草逍遙於
巴掌大的河洲，
像獻給森林的生日蛋糕。

河邊曲木
晾著趕晴的衣裳。
我們去踏勘過冬的營地。

松濤如泣如訴的
斑斕的更高處，
一棵死去如望斷的白樺。

樹身有兩枚死亡孕育的瘤子。
一枚被我眼雕成
冰熊臥雪；

像列巴的另一枚，
被長醉的維佳畫上了
巨大的鹿影與細小的人影。

夜 　走出掛滿獸皮的撮羅子，
　　深夜們撲面而來，

　　紛紛附體於你。
　　你攥緊了魂荷包。

　　假如你出神，你就是
　　初次穿戴了一百斤服飾的薩滿。

　　你像熊害怕融雪天一樣
　　懼怕這夜晚的凝結。

　　滿天寒光的刑具。青松與白樺的黑暗
　　是營地聯結遠山的瘋紐帶。

　　你摸著冰涼的黑，
　　望著鮮豔的黑，像隻

　　一點點縮小的野獸。
　　起伏而喘息的四周，圍獵著你。

身後篝火般熱烈的人語
乃是僅有的林海之岸。

然而那是多麼洶湧的岸啊，
上岸，上岸，步入酒的暴風雪。

晨

我從帳篷裡的風旁
來到帳篷外的風中。薄霜
化為露水之前,
一雙昨夜激烈的醉眼
抄襲露水。

一夜歸來的馴鹿,
蹄尖挖掘著樹根。詩教的眼波。
發憤以抒情的頭角。
它們就像我有時找一個詞兒那樣
翻找著苔蘚和石蕊。

它們終於接納我了,鹿茸
對峙狗吠那隻,
過來舔我手心的酒漬。
頸下垂掛著一枚鑰匙那隻,
清脆地離去。

清晨。
我在天打雷劈的,
馴鹿剛剛刨過的松樹下,

開始寫這首

螞蟻在其中爬來爬去的詩。

田園詩

尾礦壩巍峨，礦湖高懸。

堤頭，小蛇著幾莖草。

壩內刺鼻的熱湖，

濃白的礦漿多麼激烈。

它氤氳，

不同於包鋼儲煤廠的潑墨。

鈽入土，

化療的，瀝青泡沫的深井；鈾走的黃河。

禺強謠

我揮舞著北斗星似的套馬杆，
把一群顫巍巍的羊
從遠古趕往水泵小屋。

我總在日落之處，
雙耳垂下青蛇。
我以鳥或魚一樣的身體支配玄冥世界。

連日委羽，羊圈旁的山坳
已胡旋成一朵蓮花，
前方是銀河閃爍的倒扣的群山。

駐牧歌

橡膠火。

輪胎，現在是食槽。

門前緩坡晾曬牛糞。

院子裡的雪堆壘成院外的敖包。

如晦的畜棚。

馬牛，現在是我，

揮帚掃淨一夜塗鴉的

手，抱滿青黃。

莽原。草領銜細浪。

絨毛，現在是刺。

風的細密畫。

雪是無人寫下的純詩。

邊塞詩

蒲桃、氍毹與迷迭。
優鉢羅媚眼的北鋌；
胡騰兒，衣袖湍飛，
脫渾脫而豪飲馬湩，
雪下著微醺的宇宙。

春如昭君秋似文姬：
大雁悲唳蕃落多晴。
秋風穹廬索羊編葦，
窮沍地，胡笳羌笛
銷魂如沙腥古戰場。

戰馬在長城外飲泉，
夜間刁斗敲打長空。
旗星高照射愁之月，
催逼向死的少年行。
惟納蘭的婉約邊塞，
相思遠築一片孤城。

山水詩

紅山時代厥民隩的
冬至，誰立竿山巔
細察博石上的晷影，
誰就是蒼幽的噎鳴，
始於東方句芒的神。
銀河外如鬐的枯枝，
危石崩剡空軫之心。
大鈞是無極的山水。

送別詩

草木已腓，柳枝氃氃。
何處不是南浦或灞陵？
何人不是無住而無去？
古戍道勸風停的亭子，
勸酒的天涯，悲之杯，
且飲盡這無韻之離騷。
雁叫是滿心耳的輕雷，
驚回王孫帶電的徂年。
我送你這詩中的熱冰。

所謂宇宙不過是
你是南而我是北，
你是平而我是仄。

跋

秦曉宇

　　「夜飲」是我一首詩的標題。這首詩敘述了一次夜間聚飲的經歷，我試圖通過這敘述，間接地描繪詩人在我們時代的心境與處境。詩中大部分描述性的詞句因此多少透出隱喻的意味。譬如「入秋的排檔，／雞翅烤出盛夏」，「一臉沮喪和驕傲。服務員／代表世界，不歡迎我們」，「一地新銳的竹籤」，「他一屁股憤怒，你男高音」，「他的胡話裡有個男孩」，「我們像搶芬芳的強盜」，「而黎明，叼著街道、行人，／在我們的離去中更像個夢境」，等等，以此來回應「詩人何為」的老問題。於是〈夜飲〉成為一個寓言。我認為，如果脫離這個寓言所蘊涵的複雜況味，所謂「挺住意味著一切」不過是一句空洞的口號、一個僵硬的姿態。

　　與〈夜飲〉類似，我的許多詩作都派生自個人經歷——而現代詩歌恰恰處於經驗危機的背景之中。本雅明大概最早認識到經驗在現代社會的貶值與毀滅，他認為這是第一次世界大戰造成的生活和藝術災難，彷彿從戰爭歸來，經驗也被炸得支離破碎、奄奄一息，甚至無影無蹤。今天，導致同樣後果的並非戰爭，而是日常生活。我們的日常生活不缺密度和廣度，也不缺趣味或意義（往往還趣味無窮、意義過剩），一句話，什麼也不缺，卻如阿甘本所說，「雜七雜八的事情……娛樂也好，單調也好，特殊也好，尋常也好，苦惱也好，愉快也好，沒有

一件是可以變成經驗的」(《幼年與歷史：經驗的毀滅》)。正是基於前所未有的經驗的貧乏，現代詩人的寫作才更加仰仗語言才華和想像力。我不敢說我有多麼獨特的或意義重大的經驗，我當然也很重視語言和想像力，但在這個能指漂浮、擬象琳琅、想像力爆棚的時代，在這個日益逼近太虛幻境的時代，某種像琉璃、花朵一樣可以傳遞的此在的真實感，可能反而成為了我們的鄉愁。在這個意義上，我覺得詩歌就是從無邊的日常，從瑣碎與籠統、遺忘與死亡中萃取和拯救經驗的經驗，並把這萃取和拯救提升為一種迷人的語言行動，惟其如此，它才是一種可以和他人分享的美妙經驗。

「夜飲」兩字，也可以是一個小小的詩觀。夜飲（yǐn）還是夜飲（yìn）？夜裡飲還是夜之飲？詩歌同樣如此，於簡潔凝練中保持多種意指可能。「夜」，可指寫作之夜，可喻時代之夜；而可「飲」的，未必是酒，飲泣、飲譽、飲恨……事實上所有在寫作之夜被追思的事物，都被一枝筆慢慢啜飲。飲還有給別人喝的意思，如《史記・曹相國世家》「至者，參輒飲以醇酒」，這就涉及到讀者了。此外，「夜飲」儼然也是中國的詩歌傳統之一，無論是張說的〈幽州夜飲〉、杜牧的〈初冬夜飲〉，還是白居易的「夜飲歸常晚」、蘇軾的「夜飲東坡醒復醉」，均表明這一點，只是這傳統如今只能在夜裡獨自飲用了。

感謝秀威，竟然決定大規模出版缺乏商業價值的詩集，去年，我的《玉梯——當代中文詩敘論》也是由秀威出版的，這部「反動」而又枯燥的著作在大陸只能私刻流傳。「秀威」也

是我所喜愛的詩風，可以作為《二十四詩品》的補充，這部詩集如果不以「夜飲」為名，我就打算叫作「秀威」了。

2013年1月11日於京郊百望山

語言文學類 PG0999　中國當代詩典 第一輯 15

夜飲
——秦曉宇詩選

作　　者 / 秦曉宇
主　　編 / 楊小濱
責任編輯 / 鄭伊庭
圖文排版 / 張慧雯
封面設計 / 陳佩蓉

發 行 人 / 宋政坤
法律顧問 / 毛國樑　律師
印製出版 / 秀威資訊科技股份有限公司
　　　　　114台北市內湖區瑞光路76巷65號1樓
　　　　　電話：+886-2-2796-3638　傳真：+886-2-2796-1377
　　　　　http://www.showwe.com.tw
劃撥帳號 / 19563868　戶名：秀威資訊科技股份有限公司
　　　　　讀者服務信箱：service@showwe.com.tw
展售門市 / 國家書店（松江門市）
　　　　　104台北市中山區松江路209號1樓
　　　　　電話：+886-2-2518-0207　傳真：+886-2-2518-0778
網路訂購 / 秀威網路書店：http://www.bodbooks.com.tw
　　　　　國家網路書店：http://www.govbooks.com.tw
圖書經銷 / 紅螞蟻圖書有限公司
　　　　　台北市114內湖區舊宗路2段121巷19號（紅螞蟻資訊大樓）
　　　　　電話：+886-2-2795-3656　傳真：+886-2-2795-4100

2013年9月　BOD一版
定價：290元
ISBN　978-986-326-177-3
ISBN　978-986-326-178-0（全套：平裝）
版權所有　翻印必究
本書如有缺頁、破損或裝訂錯誤，請寄回更換

國家圖書館出版品預行編目

夜飲：秦曉宇詩選 / 秦曉宇著. -- 一版. -- 臺北市：秀
威資訊科技, 2013.09
  面； 公分. -- (中國當代詩典. 第一輯 ; 15)
BOD版
ISBN 978-986-326-177-3(平裝)

851.486   102015896

讀 者 回 函 卡

感謝您購買本書,為提升服務品質,請填妥以下資料,將讀者回函卡直接寄回或傳真本公司,收到您的寶貴意見後,我們會收藏記錄及檢討,謝謝!
如您需要了解本公司最新出版書目、購書優惠或企劃活動,歡迎您上網查詢或下載相關資料:http:// www.showwe.com.tw

您購買的書名:＿＿＿＿＿＿＿＿＿＿＿＿＿＿＿＿＿＿＿＿＿＿＿＿＿

出生日期:＿＿＿＿＿年＿＿＿＿＿月＿＿＿＿＿日

學歷:□高中 (含) 以下　　□大專　　□研究所 (含) 以上

職業:□製造業　□金融業　□資訊業　□軍警　□傳播業　□自由業
　　　□服務業　□公務員　□教職　　□學生　□家管　　□其它＿＿＿

購書地點:□網路書店　□實體書店　□書展　□郵購　□贈閱　□其他

您從何得知本書的消息?

　□網路書店　□實體書店　□網路搜尋　□電子報　□書訊　□雜誌
　□傳播媒體　□親友推薦　□網站推薦　□部落格　□其他＿＿＿＿＿＿

您對本書的評價:(請填代號 1.非常滿意 2.滿意 3.尚可 4.再改進)

　封面設計＿＿＿ 版面編排＿＿＿ 內容＿＿＿ 文／譯筆＿＿＿ 價格＿＿＿

讀完書後您覺得:

　□很有收穫　□有收穫　□收穫不多　□沒收穫

對我們的建議:＿＿＿＿＿＿＿＿＿＿＿＿＿＿＿＿＿＿＿＿＿＿＿＿＿

＿＿＿＿＿＿＿＿＿＿＿＿＿＿＿＿＿＿＿＿＿＿＿＿＿＿＿＿＿＿＿＿＿

＿＿＿＿＿＿＿＿＿＿＿＿＿＿＿＿＿＿＿＿＿＿＿＿＿＿＿＿＿＿＿＿＿

＿＿＿＿＿＿＿＿＿＿＿＿＿＿＿＿＿＿＿＿＿＿＿＿＿＿＿＿＿＿＿＿＿

11466
台北市內湖區瑞光路 76 巷 65 號 1 樓

秀威資訊科技股份有限公司 　收

BOD 數位出版事業部

....

（請沿線對折寄回，謝謝！）

姓　　名：＿＿＿＿＿＿＿＿　年齡：＿＿＿＿　性別：□女　□男

郵遞區號：□□□□□

地　　址：＿＿＿＿＿＿＿＿＿＿＿＿＿＿＿＿＿＿＿＿＿

聯絡電話：(日) ＿＿＿＿＿＿＿＿　(夜) ＿＿＿＿＿＿＿＿＿

E-mail：＿＿＿＿＿＿＿＿＿＿＿＿＿＿＿＿＿＿＿＿＿